In memoriam Ralf Fletemeier
1959 - 2022

AF191744

Mary Wollstonecraft Shelley

Das unsichtbare Mädchen

Romantische Kurzgeschichten

**Aus dem Englischen übersetzt
von Ralf Fletemeier**

Bibliografische Information der Deutschen Nationalbibliothek: Die Deutsche Nationalbibliothek verzeichnet diese Publikation in der Deutschen Nationalbibliografie; detaillierte bibliografische Daten sind im Internet über dnb.dnb.de abrufbar.

Impressum

© 2023 Wolfgang A. Gogolin, Hamburg (Herausgeber)
© 2004 Ralf Fletemeier (Übersetzung)

Herstellung und Verlag: BoD – Books on Demand, Norderstedt
ISBN: 9783757817541

Covergestaltung: Wolfgang A. Gogolin, unter Verwendung einer Grafik von pixabay / alanajordan

Inhalt

Das unsichtbare Mädchen

Diese knappe Schilderung erhebt keinen Anspruch auf die Regelhaftigkeit einer Geschichte, oder der Entwicklung von Situationen und Gefühlen; sie ist eher eine leichte Skizze, die fast so geliefert wird, wie sie mir von einem der Demütigsten der betroffenen Akteure erzählt wurde. Doch ich spinne einen Umstand aus, interessant vornehmlich wegen seiner Einzigartigkeit und Wahrheit, und erzähle, so präzise wie ich kann, wie überrascht ich war beim Besuch dessen, was ein zerfallener Turm zu sein schien, der ein freudloses Vorgebirge krönte, das in das Meer vorspringt, das zwischen Wales und Irland fließt. Ich stellte fest, dass, obwohl das Äußere des Turms die ganze wilde Grobheit bewahrt hatte, die vom ewigen Krieg mit den Elementen kündet, das Innere ein wenig in der Art eines Sommerhauses ausgestattet war, denn er war zu klein, um einen anderen Namen zu verdienen. Er bestand nur aus dem Erdgeschoss, das als Eingangshalle diente, und einem Raum darüber, der über eine Treppe erreicht wurde, die aus der dicken Wand herausgehauen war. Diese Kammer war mit Fußboden und Teppich ausgelegt und mit eleganten Möbeln dekoriert; und vor allem hing, um die Aufmerksamkeit anzuziehen und die Neugier anzuregen, über dem Kaminsims (um das Gemach vor Feuchtigkeit zu schützen, war offensichtlich inzwischen eine Feuerstelle eingebaut worden; sie hatte eine vom Rest des Baus sehr verschiedene Gestalt) ein Bild, einfach gemalt in Wasserfarben, welches mehr als jeder andere Teil der Verzierungen des Zimmers im Krieg mit der Grobheit des Gebäudes zu liegen schien, der Einsamkeit, in der es gestellt war, und der Verwüstung der umliegenden Landschaft. Diese Zeichnung stellte ein schönes Mädchen im höchsten Stolz und Blüte der Jugend dar; ihr Kleid war einfach, in der Mode jener Tage (erinnern Sie sich, lieber Leser, ich berichte vom Anfang des achtzehnten Jahrhunderts), ihr Gesicht wurde von einem Ausdruck von Unschuld, vermischt mit Intelligenz geschmückt, zu dem sich ein Ausdruck von Gelassenheit der Seele und natürlicher Fröhlichkeit hinzugesellte. Sie las einen jener Folio-Romane, die so lange die Freude der schwärmerischen und jungen Leute gewesen sind; ihre Mandoline lag zu ihren Füßen, ihr kleiner Papagei saß auf einem riesigen Spiegel hinter ihr; die Anordnung von Möbeln und Vorhängen zeugte von einem luxuriösen Wohnsitz, und ihre Kleidung ebenso offensichtlich von Heim und Privatsphäre, doch getragen mit einem Anschein der Leichtigkeit und mädchenhaften Zierats, als ob sie gefallen wollte. Unter dieses Bild war in goldenen Lettern geschrieben: „Das unsichtbare Mädchen".

In einem fast unbewohnten Land umherstreifend, hatte ich mich verirrt und war von einem Schauer überrascht worden. Dann war ich auf dieses eintönig ausschauende Häuschen gestoßen, das im Wind zu schaukeln und dort oben zu hängen schien als das höchste Symbol der Verwüstung. Ich starrte wehmütig darauf und verfluchte innerlich die Sterne, die mich zu einer Ruine führten, die keinen Schutz bieten konnte, obwohl der Sturm begann, ernsthafter als zuvor zu wüten. Da sah ich unvermittelt den Kopf einer alten Frau aus einer Art Schießscharte auftauchen und sich ebenso plötzlich wieder zurückziehen - eine Minute danach sprach eine weibliche Stimme zu mir von drinnen, und als ich in einen kleinen dornigen Irrgarten eindrang, der eine Tür verbarg, die ich zuvor nicht gesehen hatte, so geschickt hatte sich der Pflanzer in der verbergenden Kunst der Natur geübt, fand ich die gute Dame auf der Schwelle stehend. Sie forderte mich auf, im Inneren Zuflucht zu nehmen.

„Ich war gerade von unserer Hütte ganz in der Nähe vorbeigekommen", sagte sie, „um mich um die Dinge zu kümmern, wie ich es jeden Tag tue, als der Regen anfing; wollt Ihr hinaufkommen, bis es vorbei ist?"

Ich war im Begriff, festzustellen, dass eine Hütte in der Nähe, trotz des Risikos einige Regentropfen abzubekommen, besser war als ein zerfallener Turm, und meine freundliche Wirtin zu fragen, ob „die Dinge", nach denen sie schauen kam, Tauben oder Krähen waren, als die Matten des Bodens und die Teppiche der Treppe mir ins Auge stachen. Ich war noch überraschter, als ich das Zimmer oben sah, und über allem das Bild und seine einzigartige Inschrift; sie unsichtbar nennend, wo der Maler sie in so gefälliger Sichtbarkeit gemalt hatte, erweckte meine lebhafteste Neugier. Das Ergebnis meiner äußersten Höflichkeit gegenüber der alten Frau und ihrer eigenen natürlichen Geschwätzigkeit war eine Art wirrer Schilderung, die meine Phantasie weiter ergänzte und meine weiteren Nachfragen berichtigten, bis sie die folgende Form annahm.

Einige Jahre zuvor, am Nachmittag eines September-Tages, der, obwohl ziemlich mild, viele Anzeichen für einen stürmischen Abend zeigte, kam ein Gentleman in einer kleinen Küstenstadt an, etwa zehn Meilen von diesem Ort; er drückte seinen Wunsch aus, ein Boot zu mieten, um ihn in die Stadt, etwa fünfzehn Meilen weiter an der Küste hinauf, zu bringen. Die Bedrohungen, die der Himmel bereithielt, brachten die Fischer dazu, das Wagnis abzulehnen, bis schließlich zwei zustimmten, die Reise zu übernehmen; einer war Vater einer vielköpfigen Familie, bestochen von der freigebigen Belohnung, die der Fremde versprach; der andere war der Sohn meiner Wirtin, verführt von jugendlicher Kühnheit. Der Wind war sanft, und sie hofften, vor Einbruch der Nacht gute Fahrt zu machen und in den Hafen zu kommen, bevor der Sturm begann. Sie stießen ab mit guten Wünschen, wenigstens von den Fischer; bezüglich des Fremden war die tiefe Trauer, die er trug, nicht halb so schwarz wie die Melancholie die seinen Verstand einhüllte. Er sah aus, als ob er nie gelächelt hätte - als ob ein unsäglicher Gedanke, dunkel wie die Nacht und bitter wie der Tod, sein Nest innerhalb sein Busens gebaut hatte - und dort ewig ausgebrütet wurde; er erwähnte seinen Namen nicht; aber einer der Dorfbewohner erkannte ihn als Henry Vernon, der Sohn eines Baronets, der ein Villa besaß, etwa drei Meilen von der Stadt entfernt, zu der er unterwegs war. Diese Villa war fast von der Familie verlassen; aber Henry hatte sie, in einer Anwandlung von Romantik, etwa drei Jahre zuvor besucht, und Sir Peter war während des vorigen Frühjahres für ein paar Monate dort unten gewesen.

Das Boot machte nicht so viel Fahrt wie sie erwartet hatten; die Brise verfehlte sie, als sie ins Meer hinauskamen und sie waren eifrig bemüht, sowohl mit Ruder als auch mit Segel, zu versuchen, das Vorgebirge anzusteuern, das zwischen ihnen und der Stelle, die sie zu erreichen wünschten, herausragte. Sie waren noch weit entfernt, als der wechselnde Wind begann, in seiner Stärke zuzunehmen und mit gewaltigen, doch ungleichmäßigen Stößen zu blasen. Nacht kam auf, pechschwarze Dunkelheit, und Riesenwellen erhoben sich und brachen mit schrecklicher Gewalt; sie drohten, die winzige Bark zu überwältigen, die es wagte, ihrer Wut zu widerstehen. Sie waren gezwungen, jedes Segel zu reffen und ihre Ruder zu nehmen; ein Mann war abgestellt, das Wasser auszuschöpfen, und Vernon selbst nahm ein Ruder und ruderte mit verzweifelter Energie, ebenbürtig der Kraft der geübteren Bootsmänner. Es hatte viel Gerede zwischen den Seeleuten gegeben, bevor der Sturm anfing; jetzt waren alle still, außer für einen kurzen Befehl. Der eine dachte an seine Ehefrau und seine Kinder und verfluchte leise die Laune des Fremden, die in ihren Auswirkungen nicht nur sein Leben, sondern auch deren Wohlfahrt gefährdete; der andere fürchtete sich weniger, denn er war ein kühner Junge, aber er arbeitete hart und hatte keine Zeit zu reden; während Vernon die Gedankenlosigkeit bitterlich bedauerte, welche ihn dazu gebracht hatte, andere in diese Gefahr mit hineinzuziehen. Nicht so sehr um sich selbst besorgt, versuchte er jetzt, sie mit einer Stimme voll von Lebhaftigkeit und Mut zu beruhigen, und zog jetzt noch stärker an dem Ruder, das er hielt. Die einzige Person, die nicht gänzlich zu der Arbeit entschlossen schien, die sie tat, war der Mann, der schöpfte; hin und wieder starrte er angestrengt umher, als ob das Meer weit draußen, auf seiner tumultartigen Einöde, irgendeine Sache bereithielt, die wahrzunehmen er seine Augen anstrengte. Aber alles war leer, außer dass die Kämme der hohen Wellen sich zeigten, oder weit draußen am Rand des Horizonts, das Heben der Wolken größere Gewalten des Windes ankündigte.

Schließlich rief er aus: „Ja, ich sehe es! Das Backbordruder! Jetzt! Wenn wir das Licht dort drüben erreichen können, sind wir gerettet!"

Die beiden Ruderer drehten instinktiv ihre Köpfe, aber freudlose Dunkelheit beantwortete ihre Blicke.

„Sie können es nicht sehen", schrie ihr Begleiter, „aber wir nähern uns ihm; und Gott sei gedankt, wir werden diese Nacht überleben."

Bald nahm er das Ruder aus Vernons Hand, der ziemlich erschöpft nachließ mit seinen Schlägen. Er erhob sich und suchte das Leuchtfeuer, das ihnen Sicherheit versprach. Es schimmerte mit so einem schwachen Strahl, das er nun sagte: „Ich sehe es"; und wieder: „Da ist nichts"; doch als sie Fahrt machten, dämmerte es in seiner Sicht und wurde fester und deutlicher, wie es über das unheimliche Wasser strahlte, das selbst glatter wurde, so dass sich Sicherheit aus dem Busen des Ozeans zu ergeben schien, unter dem Einfluss dieses flackernden Schimmers.

„Welches Leuchtfeuer ist es, das uns in unserer Not hilft?" fragte Vernon, da die Männer jetzt in der Lage waren, ihre Ruder mit größerer Leichtigkeit zu bewältigen und Atem fanden, seine Frage zu beantworteten.

„Eine gewisse Fee, glaube ich", antwortete der ältere Seemann, „doch nicht weniger eine Wahrheit. Es brennt in einem alten verfallenen Turm, gebaut auf der Spitze eines Felsens, der über das Meer schaut. Wir sahen es vor diesem Sommer nie; und jetzt ist es jede Nacht zu sehen - wenigstens wenn es gesucht wird, denn wir können es nicht von unserem Dorf aus sehen; und es ist solch ein abgelegener Ort, das niemand es nötig hat, sich ihm nähern, außer durch eine Gelegenheit wie diese. Einige sagen, dass es von Hexen, andere, dass es von Schmugglern angezündet wird; aber dies weiß ich, dass zwei Trupps dort gesucht haben und nichts, außer den bloßen Wänden des Turms, gefunden haben. Alles ist verlassen am Tag und dunkel bei Nacht; kein Licht wurde gesehen, während wir dort waren, obwohl es lebhaft genug brannte, wenn wir draußen auf See waren."

„Ich habe sagen hören", warf der jüngere Seemann ein, „es wird vom Geist eines Mädchens angezündet, das seinen Liebling in diesem Teil des Landes verlor; er erlitt Schiffbruch, und sein Körper wurde am Fuß des Turms gefunden. Sie ist unter uns unter dem Namen des ‚Unsichtbaren Mädchens' bekannt."

Die Reisenden hatten jetzt den Anlegeplatz am Fuß des Turms erreicht. Vernon warf einen Blick hinauf - das Licht brannte immer noch. Mit einiger Schwierigkeit, sich mit den Brechern abmühend, und blind bei Nacht, brachten sie es fertig, ihre kleine Bark zur Küste zu bringen und am Strand hinaufzuziehen. Dann kletterten sie den von Unkraut und Unterholz überwachsenen steilen Pfad hinauf, und, geführt von den erfahreneren Fischern, fanden sie den Eingang zum Turm. Es gab dort weder Tür oder Tor, und es war dunkel wie ein Grab, und still und fast so kalt wie der Tod.

„Dies kann nicht sein", sagte Vernon. „Bestimmt zeigt unsere Wirtin ihr Licht, wenn nicht sich selbst, und führt unsere in Dunkelheit gehüllten Schritte zu irgendeinem Zeichen von Leben und Trost."

„Wir werden zur oberen Kammer hinaufsteigen", sagte den Seemann, „wenn ich es schaffe, ohne auf den heruntergebrochenen Stufen fehlzutreten. Aber auch Sie werden weder eine Spur des unsichtbaren Mädchens noch seines Lichts finden, das garantiere ich."

„Wahrlich, ein romantisches Abenteuer der unangenehmsten Art", murmelte Vernon, als er über dem unebenen Boden stolperte: „die Frau vom Leuchtfeuer muss sowohl hässlich als auch alt sein, oder sie wäre nicht so mürrisch und ungastlich."

Mit beträchtlichen Schwierigkeiten, und nach diversen Stößen und blauen Flecken gelang es den Abenteurern schließlich, das obere Stockwerk zu erreichen; aber alles war leer und bloß, und sie waren gern bereit, sich auf dem harten Boden auszustrecken. Die Erschöpfung, sowohl des Verstandes als auch des Körpers, trug dazu bei, ihre Sinne in Schlaf einzutauchen.

Lang und verlässlich war der Schlummer der Seefahrer. Vernon aber vergaß sich selbst nur für eine Stunde; dann warf er die Schläfrigkeit ab und fand sein raues Lager zu unbequem zum Ruhen. Er stand auf und richtete sich in dem Loch ein, das als Fenster diente. Es gab kein Glas, dort war nicht einmal eine grobe Bank. Er lehnte seinen Rücken gegen die Laibung des Fensters als den einzigen Halt, den er finden konnte. Er hatte die Gefahr, das mysteriöse Leuchtfeuer und seinen unsichtbaren

Wächter vergessen. Seine Gedanken wurden von den Schrecken seines eigenen Schicksals besetzt, und der unbeschreiblichen Erbärmlichkeit, die wie ein Alptraum in seinem Herzen saß.

Es würde eines ziemlich dicken Bandes bedürfen, um die Ursachen zu berichten, die den einst glücklichen Vernon in den beklagenswertesten Trauernden verwandelt hatten, der sich jemals an die äußeren Zeichen des Kummers hing, den ebenso geringen aber geschätzten Symbole des Elends darin. Henry war das einzige Kind von Sir Peter Vernon und so sehr durch den Götzendienst seines Vaters verdorben, wie die gewalttätige und tyrannische Laune des alten Baronets es erlaubte. Eine jungen Waise wurde in dem Haus seines Vaters erzogen, die in derselben Weise mit Großzügigkeit und Liebenswürdigkeit behandelt wurde, und doch in tiefer Ehrfurcht vor Sir Peters Autorität lebte, der ein Witwer war; und diese zwei Kinder waren alles, was er hatte, um darüber Macht auszuüben, oder um über sie seine Zuneigung auszubreiten. Rosina war ein Mädchen von fröhlichem Wesen, etwas scheu und darauf bedacht, seinem Beschützer nicht zu missfallen; aber sie war so unterwürfig, so gutherzig und liebevoll, dass sie weniger als Henry den disharmonischen Geist seines Elternteils fühlte. Es ist eine oft erzählte Geschichte; sie waren Spielkameraden und Gefährten in der Kindheit und Liebende in späteren Tagen. Rosina ängstigte sich bei der Vorstellung, dass diese geheime Zuneigung und die Gelübde, die sie sich zusicherten, von Sir Peter missbilligt werden könnten. Aber sie tröstete sich manchmal selbst durch den Gedanken, dass sie vielleicht in Wirklichkeit die ihrem Henry bestimmte

Braut war, aufgewachsen mit ihm unter der Vorbestimmung ihrer zukünftigen Vereinigung; und Henry beschloss, obwohl er meinte, dass dies nicht der Fall war, nur darauf zu warten, bis er das Alter hatte, seine Wünsche zu erklären und zu erreichen, dass er die süße Rosina zu seiner Frau machte. Inzwischen achtete er darauf, eine vorzeitige Entdeckung seiner Absichten zu vermeiden, um so sein teures Mädchen vor Verfolgung und Beleidigung zu schützen. Der alte Herr war praktischerweise blind; er lebte immer auf dem Land, und die Liebenden verbrachten ihr Leben zusammen, ungescholten und unkontrolliert. Es war genug, dass Rosina ihre Mandoline benutzte und Sir Peter jeden Tag nach dem Abendessen in den Schlaf sang; sie war die einzige Frau im Haus über dem Rang eines Dieners und konnte über ihre Zeit frei verfügen. Sogar wenn Sir Peter die Stirn runzelte, waren ihre unschuldigen Zärtlichkeiten und ihre süße Stimme mächtig genug, um den groben Strom seiner Laune in Ordnung zu bringen. Wenn jemals menschlicher Geist in einem irdischen Paradies lebte, tat Rosina es zu dieser Zeit. Ihre reine Liebe wurde von Henrys ständiger Gegenwart glücklich gemacht; und das Vertrauen, das sie in einander fühlten, und die Sicherheit, mit der sie sich auf die Zukunft freuten, bestreute ihren Pfad mit Rosen unter einem wolkenlosen Himmel. Sir Peter war der kleine Nachteil, der ihr *tête à tête* nur reizvoller machte und der Sympathie Wert gab, die sie jeder dem anderen erwiesen. Doch plötzlich erschien eine ominöse Persönlichkeit in Vernon Place in der Gestalt einer verwitweten Schwester von Sir Peter. Sie kam, nachdem es ihr gelungen war, ihren Ehemann und ihre Kinder mit den Auswirkungen ihrer widerlichen Laune zu töten, wie eine auf neue Beute gierige Hyäne unter das Dach ihres Bruders. Sie nahm die Zuneigung des harmlosen Paars nur zu bald wahr. Sie sauste sofort los, um ihre Entdeckung ihrem Bruder mitzuteilen, um seine Wut gleichzeitig zurückzuhalten und zu entflammen. Durch ihre List wurde Henry plötzlich auf seine Auslandsreise geschickt, damit die Bahn frei war für die Verfolgung von Rosina; und dann wurde der Reichste der vielen Bewunderer des schönen Mädchens, den abzuweisen unter Sir Peters alleiniger Herrschaft ihr erlaubt, nein, fast befohlen wurde (ein solches Verlangen hatte er, sie für seinen eigenen Trost zu behalten) gewählt, und es wurde angeordnet, dass sie ihn heiratete. Die Szenen der Gewalttätigkeit, denen sie jetzt ausgesetzt war, die bitteren Spötteleien der widerwärtigen Mrs. Bainbridge und die leichtsinnige Wut von Sir Peter waren schrecklich und überwältigend in ihrer Neuheit. Zu allem konnte sie nur mit einer stillen, tränenüberströmten, aber unveränderlichen Zuverlässigkeit ihrer Entschlossenheit dagegen halten. Keine Drohungen, keine Wut konnten ihr mehr als ein rührendes Gebet abpressen, dass sie sie nicht hassen sollten, weil sie nicht gehorchen konnte.

„Da muss etwas sein, das wir nicht sehen, unter all dem", sagte Mrs. Bainbridge, „nehmen Sie meinem Wort dafür, Bruder - sie spricht im Geheimen mit Henry. Lassen Sie sie uns zu Ihrem Sitz in Wales hinunter nehmen, wo sie keine pensionierten Bettler hat, um ihr zu helfen; und wir werden sehen, ob ihr Geist sich nicht unserem Willen beugen wird."

Sir Peter willigte ein, und sie alle drei machten sich auf Weg hinunter in die Grafschaft —, und nahm ihren Wohnsitz in dem einsamen und eintönig ausschauenden Haus, auf das zuvor angespielt wurde, dass es der Familie gehöre. Hier wurden die Leiden der armen Rosina unerträglich. Zuvor, umgeben von bekannter Landschaft und in immer während en Verkehr mit freundlichen und vertrauten Gesichtern, hatte sie nicht gezweifelt, am Ende durch ihre Geduld die Grausamkeit ihrer Verfolger zu besiegen; weder hatte sie an Henry geschrieben, denn sein Name war von seinen Verwandten nicht erwähnt worden, noch auf ihre Zuneigung angespielt, und sie fühlte einen instinktiven Wunsch, den Gefahren um sie herum zu entkommen, ohne dass er verärgert war, oder das heilige Geheimnis ihrer Liebe aufgedeckt und ungerecht behandelt wurde, vom vulgären Missbrauch durch seine Tante oder von den bitteren Flüchen seines Vaters. Aber als sie nach Wales gebracht und zu einer Gefangenen in ihrem Gemach gemacht wurde, als die feuersteinhaltigen Berge über ihr schwach die steinigen Herzen zu imitieren schienen, mit denen sie umgehen musste, begann ihr Mut zu sinken. Die einzige Dienerin, der erlaubt war, sich ihr zu nähern, war Mrs. Bainbridges Mädchen; und unter der Vormundschaft ihrer unmenschlichen Herrin wurde diese Frau als Köder benutzt, um in der armen Gefangenen Vertrauen zu wecken und sie dann zu verraten. Die einfache, gutherzige Rosina war leicht zu übertölpeln und schrieb endlich im Überfluss ihrer Verzweiflung an Henry und gab den Brief an diese Frau, um ihn weiterzuleiten. Der Brief hätte Marmor erweicht; er sprach nicht von ihren gegenseitigen Gelübden, aber bat ihn, sich bei seinem Vater für sie zu verwenden; er möge den freundlichen Platz wiederherstellen, den sie früher in seiner Zuneigung erhalten hatte, und ablassen von einer Grausamkeit, die sie zerstören würde. „Daran mag ich sterben", schrieb das glücklose Mädchen, „aber einen anderen heiraten - nie!" Dieses einzelne Wort hätte in der Tat genügt, um ihr Geheimnis preiszugeben, wäre es nicht schon entdeckt worden; so wie es war, steigerte es Sir Peters Wut, da ihn seine Schwester triumphierend darauf hinwies, denn es muss kaum gesagt werden, dass, während die Tinte der Schrift noch nass war und das Siegel immer noch warm, Rosinas Brief zu dieser Dame getragen wurde. Die Schuldige wurde vor sie gerufen; was folgte kann man kaum beschreiben; zu seinem eigenen Nutzen versuchte das grausame Paar, seinen Anteil zu beschönigen. Die Stimmen waren laut, und das sanfte Murmeln von Rosinas Stimme ging im Gebrüll von Sir Peter und dem Knurren seiner Schwester verloren.

„Zur Tür hinaus wirst du gejagt", brüllte der alte Mann, „unter meinem Dach sollst du nicht eine weitere Nacht verbringen." Und Worte wie „infame Verführerin" und schlechtere, die nie zuvor das Ohr des armen Mädchens getroffen hatten, wurden von lauschenden Dienern aufgefangen; und zu jeder ärgerlichen Rede des Baronet fügte Frau Bainbridge einen vergifteten Punkt hinzu, schlechter als alles andere.

Mehr tot als lebendig wurde Rosina endlich entlassen. Ob von Verzweiflung geführt, ob sie Sir Peters Drohungen buchstäblich nahm, oder ob die Anordnungen seiner Schwester entscheidender waren, niemand weiß es, aber Rosina verließ das Haus; ein

Diener sah, wie sie den Park überquerte, weinte und ihre Hände rang, als sie ging. Was aus ihr wurde, konnte keiner sagen; ihr Verschwinden wurde Sir Peter bis zum folgenden Tag nicht offenbart und dann zeigte er durch seine Sorge, ihre Schritte zu verfolgen, und sie zu finden, dass seine Worte nur leere Drohungen gewesen waren. Die Wahrheit war, dass, obwohl Sir Peter schrecklich weit ging, um die Ehe des Erben seines Hauses mit der mitgiftlosen Waise, das Objekt seiner Wohltätigkeit, zu verhindern, er Rosina doch in seinem Herzen liebte, und seine Heftigkeit zu ihr nahm halb vom Ärger über sich selbst dafür zu, dass er sie so übel behandelte. Jetzt begann Reue ihn zu stechen, als Bote nach Bote zurückkam ohne Kunde von seinem Opfer; er traute sich seine schlimmsten Ängste nicht einzugestehen; und als seine unmenschliche Schwester, die versuchte, ihr Bewusstsein durch ärgerliche Wörter zu verhärten, rief, „das widerliche Flittchen hat sich auch bestimmt aus Rache an uns davongemacht", befahlen ihr eine ungeheuerliche Verwünschung, und ein Blick, ausreichend, sogar sie zittern zu lassen, Schweigen. Ihre Vermutung schien jedoch nur zu wahr: ein dunkler und hastender Strom, der am äußersten Ende des Parks floss, hatte die schöne Gestalt zweifellos empfangen und das Leben dieses unglückseligen Mädchens ausgelöscht. Sir Peter kehrte, als sich seine Bestrebungen, sie zu finden, als fruchtlos erwiesen, in die Stadt zurück, heimgesucht vom Abbild seines Opfers, und, gezwungen, in seinem eigenen Herzen zu bestätigen, das er bereitwillig sein Leben hingeben würde, könnte er sie wiedersehen, sogar wenn es als die Braut seines Sohnes wäre - sein Sohn, vor wessen Befragung er zitterte wie der allergrößte

Feigling; denn als Henry der Tod von Rosina mitgeteilt wurde, kehrte er sofort aus dem Ausland zurück, um die Ursache zu erfragen, ihr Grab zu besuchen und um seinen Verlust zu betrauern in den Hainen und Tälern, die die Szenen ihres gegenseitigen Glücks gewesen waren. Er machte tausend Anfragen, allein eine ominöse Stille antwortete. Ernsthafter und ängstlicher werdend, zog er schließlich aus Dienern und Abhängigen und seiner widerwärtigen Tante selbst die ganze schreckliche Wahrheit. Von diesem Moment an schlug Verzweiflung sein Herz und Elend nannte ihn sein Eigen. Er flüchtete vor der Gegenwart seines Vaters; und, die Erinnerung, das jemand, den er verehren sollte, schuldig war an so einem dunklen Verbrechen, suchte ihn heim, wie die von den alten Eumeniden[1] gequälten Seelen der von ihnen gefolterten Männer. Sein erster, sein einziger Wunsch war, Wales zu besuchen und zu erfahren, ob irgendeine neue Entdeckung gemacht worden war und ob es möglich war, die sterblichen Überreste der verlorenen Rosina wiederzuentdecken, um so die unruhigen Sehnsüchte seines elenden Herzens zu befriedigen. Auf dieser Expedition war er unterwegs, als er im zuvor genannten Dorf erschien; und jetzt im verlassenen Turm waren seine Gedanken durch das Abbild von Verzweiflung und Tod beansprucht, und was seine Teure, einst von sanfter Natur, erlitten hatte, das sie zu solch einer Tat des Jammers getrieben wurde.

Während er in düstere Träume eingetaucht war, für die das eintönige Brüllen des Meeres die passende

---

[1] Griech. „Die Wohlmeinenden", beschönigende Bezeichnung für die Rachegöttinen (Erinnyen; lat. Furien).

Begleitung bildete, flogen die Stunden, und Vernon wurde endlich gewahr, dass das Licht des Morgens aus seinem östlichen Schlupfwinkel kroch und über dem wilden Ozean dämmerte, welcher sich noch in wütendem Tumult auf dem felsigen Strand brach. Seine Begleiter erwachten jetzt und bereiteten sich auf die Abfahrt vor. Die Nahrung, die sie mitgebracht hatten, war vom Seewasser verdorben, und ihr Hunger war, nach harter Arbeit und vielen Stunden des Fastens, gewaltig geworden. Es war unmöglich, in See zu stechen in ihrem zertrümmerten Boot; aber die Hütte eines Fischers stand etwa zwei Meilen entfernt in einer Aussparung der Bucht, deren eine Seite das Vorgebirge, auf dem der Turm stand, bildete, und dahin begaben sie sich eilens; sie verschwendeten keinen weiteren Gedanken an das Licht, das sie gerettet hatte, noch an seine Ursache, sondern verließen die Ruine auf der Suche nach einem gastfreundlicheren Asyl. Vernon warf seine Blicke rundherum, als er sie verließ, aber keine Spur eines Einwohners begegnete seinem Auge und er war allmählich überzeugt, dass das Leuchtfeuer lediglich eine Schöpfung seiner Phantasie gewesen war. Im betreffenden Häuschen angekommen, das von einem Fischer und seiner Familie bewohnt wurde, bekamen sie ein schlichtes Frühstück und bereiteten sich dann darauf vor, zum Turm zurückzukehren, um ihr Boot instandzusetzen und, wenn möglich, auszubringen. Vernon begleitete sie, zusammen mit ihrem Gastgeber und seinem Sohn. Er stellte einige Fragen, die das unsichtbare Mädchen und ihr Licht betrafen. Jeder stimmte darin überein, dass die Erscheinung neuartig war, und nicht einer war in der Lage, überhaupt eine

Erklärung dafür zu geben, wie der Name an der unbekannten Ursache dieser einmaligen Erscheinung hatte festgemacht werden können; obwohl die beiden Männer von dem Häuschen bestätigten, dass sie ein- oder zweimal eine weibliche Gestalt im benachbarten Wald gesehen hatten und dass, hin und wieder, ein fremdes Mädchen an einer Hütte noch eine Meile weiter, auf der andere Seite des Vorgebirges, erschien und Brot kaufte; sie vermuteten beide, diese sei die Gleiche, aber konnten es nicht sagen. Die Einwohner der Hütte schienen sogar zu dumm, Neugier zu fühlen, und hatten nie einen wirklichen Versuch der Entdeckung gemacht. Der ganze Tag wurde von den Seeleuten beim Reparieren des Bootes verbracht; und der Klang von Hämmern und die Stimmen der Männer bei der Arbeit hallte entlang der Küste wider, vermischt mit dem Rasen der Wellen. Da war keine Zeit, die Ruine nach jemanden zu erkunden, die, ob menschlich oder übernatürlich, sich so offensichtlich zurückzog vom Verkehr mit jedem lebenden Wesen. Vernon ging jedoch hinüber zum Turm und durchsuchte vergeblich jede Ecke; die schmuddeligen bloßen Wände trugen kein Anzeichen, dass sie als Unterkunft dienten; und sogar eine kleine Vertiefung in der Wand der Treppe, die er zuvor nicht beachtet hatte, war gleich leer und trostlos. Den Turm verlassend, lief er im Kiefernwald herum, der ihn umgab und, alle Gedanken daran aufgebend, das Geheimnis zu lösen, wurde er bald von Gedanken gefesselt, die seinem Herzen näher gingen, als plötzlich auf dem Boden zu seinen Füßen ein Pantoffel in seinem Blickfeld erschien. Seit Aschenputtel war nie ein so winziger Pantoffel gesehen worden; so deutlich wie ein Schuh sprechen konnte, beschrieb er eine Geschichte von Eleganz, Schönheit und Jugend. Vernon hob ihn auf; er hatte oft Rosinas eigenartig kleinen Fuß bewundert und sein erster Gedanke war die Frage, ob dieser kleine Pantoffel zu ihm gepasst hätte. Es war sehr seltsam! Er musste dem unsichtbaren Mädchen gehören. Dann gab es eine Feengestalt, die dieses Licht entzündete, eine Gestalt von solch materieller Substanz, das sein Fuß einen Schuh brauchte; und doch was für einen Schuh? Vom Rehkitz, so weich, und von einer Form, so exquisit, das er genau dem ähnelte, den Rosina getragen hatte! Wieder stieß ihm das erneute Auftreten des Abbildes der teuren Toten mit Gewalt auf; und tausend heimatliche Assoziationen, kindisch, doch süß und lieblich, obwohl unbedeutend, füllten so Vernons Herz, dass er sich der Länge nach auf den Boden warf und bitterlicher als jemals zuvor weinte um das erbärmliche Schicksal der süßen Waise.

Am Abend beendeten die Männer ihre Arbeit und Vernon kehrte mit ihnen zu der Hütte zurück, wo sie schlafen wollten und beabsichtigten, falls das Wetter es erlaubte, ihre Reise am folgenden Morgen fortzusetzen. Vernon sagte nichts über seinen Pantoffel, war aber zurückgekehrt mit seinen rauen Kollegen. Oft blickte er zurück; aber der Turm ragte dunkel über den trüben Wellen auf, und kein Licht erschien. In der Hütte waren Vorbereitungen für ihre Unterkunft getroffen worden und das einzige Bett in ihr wurde Vernon angeboten; aber er weigerte sich, seine Wirtin zu benachteiligen, und, seinen Mantel auf einem Haufen von trockenen Blättern ausbreitend, versuchte er, sich zur Ruhe zu begeben. Er schlief für einige Stunden und als er erwachte, war alles ruhig, nur das schwere Atmen der

Schläfer in demselben Raum mit ihm unterbrach die Stille. Er stand auf und ging zum Fenster, sah über das jetzt beschauliche Meer in Richtung des mystischen Turms hinaus, sah das leichte Leuchten dort, das seine schlanken Strahlen über die Wellen sandte. Sich zu einem Umstand beglückwünschend, den er nicht erwartet hatte, verließ Vernon leise das Häuschen, und, sich in seinen Mantel wickelnd, ging er eiligen Schrittes um die Bucht herum in Richtung des Turms. Er erreichte ihn; immer noch brannte das Licht. Einzutreten und dem Mädchen ihren Schuh wiederzugeben, wäre ein Akt der Höflichkeit; und Vernon beabsichtigte, dieses mit solcher Vorsicht zu tun, überraschend zu kommen, bevor sich seine Trägerin mit ihren gewohnten Künsten vor seinen Augen zurückziehen konnte; aber unglücklicherweise, während er noch auf seinem Weg nach oben auf dem schmalen Pfad war, traf sein Fuß ein loses Fragment, das mit Krach und Getöse den Abgrund hinunterfiel. Er sprang vorwärts, um durch Geschwindigkeit den Vorteil zurückzuholen, den er durch diesen unglücklichen Unfall verloren hatte. Er erreichte die Tür; er trat ein; alles war still, aber es war auch alles dunkel. Er hielt im Zimmer unten inne; er fühlte, dass ein leichtes Geräusch sein Ohr traf. Er stieg die Stufen hinauf und betrat die obere Kammer; aber leere Dunkelheit begegnete seinem durchdringenden Blick, die sternenlose Nacht ließ nicht einmal einen Schimmer von Zwielicht durch die einzige Öffnung zu. Er schloss seine Augen. Er wollte versuchen, wenn er sie wieder öffnete, einen schwachen, umherirrenden Strahl auf seinem Sehnerv einzufangen; aber es war vergeblich. Er tastete in dem Zimmer herum; er stand still und hielt seinen Atem an; und dann konzentriert lauschend, fühlte er sich sicher, dass jemand anderer die Kammer mit ihm einnahm und dass ihre Atmosphäre leicht von der Atmung eines anderen angeregt wurde. Er erinnerte sich an die Vertiefung in der Treppe; aber, bevor er an sie heranging, sprach er - er zögerte einen Moment, überlegte, was er sagen sollte.

„Ich muss glauben", sagte er, „dass Unglück allein Ihre Abgeschiedenheit verursachen kann; und wenn die Hilfe eines Mannes - eines Gentleman…"

Ein Ausruf unterbrach ihn; eine Stimme aus dem Grab sprach seinen Namen - den Tonfall von Rosina wiedergebend: „Henry! - Ist es wirklich Henry, den ich höre?"

Er stürzte vorwärts, geleitet von dem Geräusch, und umschlang mit seinen Armen die lebende Gestalt seines eigenen beklagten Mädchens - sein eigenes unsichtbares Mädchen, wie er sie nannte. Sogar jetzt noch, da er ihr Herz nahe seinem schlagen fühlte, und da er ihre Taille mit seinem Arm umschlang und sie stützte, da sie fast auf den Boden vor Erregung sank, konnte er sie nicht sehen. Da ihre Schluchzer ihre Rede verhinderten, sagte ihm keine verstandesgemäße, aber instinktive Regung, die sein Herz mit tumultartiger Freude erfüllte, dass die schlanke verzehrte Gestalt, die er so herzlich drückte, der lebende Schatten der Schönheit der Hebe[2] war, die er geliebt hatte.

Der Morgen sah dieses Paar, dass auf diese sonderbare Art einander wiedergegeben war, auf dem ruhigen Meer, mit einem sanften Wind nach L— segelnd, woher sie

---

[2] Griechische Göttin der Jugend.

gekommen waren, um zu Sir Peters Sitz zu gehen, welchen Rosina drei Monate zuvor in solcher Qual und Schrecken verlassen hatte. Das Morgenlicht zerstreute die Schatten, die sie verschleiert hatten, und offenbarte die liebliche Person des unsichtbaren Mädchens. Sie hatte sich durch Leiden und Jammer wirklich verändert, aber dasselbe süße Lächeln spielte auf ihren Lippen, und das zarte Licht ihrer weichen blauen Augen war ihr immer noch eigen. Vernon zog den Pantoffel heraus und schob ihr die Ursache zu, die ihn veranlasst hatte, den Wächter des mystischen Leuchtfeuers zu entdecken; sogar jetzt traute er sich nicht, sich zu erkundigen, wie sie an diesem trostlosen Ort existiert hatte, oder, warum sie so unermüdlich eine Beobachtung vermieden hatte, wenn das Richtige zu tun gewesen wäre, ihn sofort gesucht zu haben, unter dessen Sorge, geschützt von seiner Liebe, sie keine Gefahr hätte fürchten müssen.

Aber Rosina schreckte vor ihm zurück, als er sprach, und eine totengleiche Blässe kam über ihre Wangen, als sie schwach flüsterte: „Der Fluch deines Vaters - Deines Vaters schreckliche Drohungen!"

Es schien wirklich, dass es Sir Peters Heftigkeit und der Grausamkeit von Mrs. Bainbridge gelungen war, Rosina mit Wildheit und unüberwindlichen Schrecken zu beeindrucken. Sie war aus ihrem Haus ohne Plan oder ohne Voraussicht geflüchtet; getrieben von rasendem Entsetzen und überwältigender Furcht, hatte sie es ohne ausreichend Geld verlassen und es erschien ihr keine Möglichkeit, weder zurückzukehren noch weiter fortzugehen. Sie hatte keinen Freund außer Henry in der weiten Welt; wohin konnte sie gehen? Henry zu suchen, hätte ihre Schicksale zum Elend besiegelt; Sir Peter hatte auf seinem Eid erklärt, dass er sie beide lieber in ihren Särgen sehen würde, als verheiratet. Nach langem Herumirren, sich bei Tage versteckend und sich nur nachts herauswagend, war sie zu diesem verlassenen Turm gekommen, welcher ein Ort der Zuflucht zu sein schien. Wie sie seitdem gelebt hatte, konnte sie kaum sagen; sie war bei Tag in den Wäldern geblieben oder schlief im Gewölbe des Turms, ein Asyl, mit dem keiner vertraut war oder es entdeckt hatte. Bei Nacht verbrannte sie die Kiefernzapfen aus dem Wald, und die Nacht war ihre liebste Zeit; denn es schien ihr, als ob Sicherheit mit der Dunkelheit kam. Sie war sich nicht bewusst, dass Sir Peter diesen Teil des Landes verlassen hatte, und fürchtete sich, dass ihm ihr Schlupfwinkel gezeigt werden würde. Ihre einzige Hoffnung war, dass Henry zurückkehren würde, das Henry nie ruhen würde, bis er sie gefunden hatte. Sie gestand, dass die lange Zwischenzeit und das Näherkommen des Winters sie mit Bestürzung erfüllt hatten; sie fürchtete, das, wenn ihre Stärke verfiel und ihre Gestalt zu einem Skelett dahinschwand, sie sterben und ihren eigenen Henry nie mehr wieder sehen könnte.

Eine Krankheit folgte noch trotz all seiner Sorge ihrer Wiedereinsetzung in die Sicherheiten und die Wohltaten des zivilisierten Lebens; viele Monate gingen vorbei, bevor die Blüte ihre Wangen und ihre Glieder wieder besuchte, die ihre Rundheit zurückgewannen; sie ähnelte noch einmal dem in ihren Tagen des Glücks von ihr gezeichneten Bild, vor jedem Besuch von Trauer. Es war eine Kopie dieses Portraits, das den Turm dekorierte, den Schauplatz ihres Leidens, worin ich Unterkunft gefunden hatte. Sir Peter, überglücklich, erlöst von den

Reuegefühlen zu sein, und erfreut, sein Waisenmündel wiederzusehen, das er wirklich liebte, war jetzt so begierig darauf, wie er zuvor abgeneigt gewesen war, ihre Vereinigung mit seinem Sohn zu segnen: Mrs. Bainbridge sahen sie nie wieder. Aber sie verbrachten jedes Jahr einige Monate in ihrer walisischen Villa, der Schauplatz ihres frühen verbundenen Glücks und der Stelle, wo die arme Rosina sich wieder des Lebens und der Freude bewusst geworden war nach ihren grausamen Verfolgungen. Henrys liebevolle Sorgfalt hatte den Turm ausgestattet und ihn so dekoriert, wie ich ihn sah; und er kam oft mit seinem „unsichtbaren Mädchen", um an eben jenem Schauplatz ihres Auftretens die Erinnerung an all die Vorfälle zu erneuern, die zu ihrer Wiederbegegnung geführt hatten, während der Schatten der Nacht, in dieser abgeschiedenen Ruine.

Eine Braut im modernen Italien

Mein Herz ist feste
Dies ist der sechste
Elia[3]

An einem heiteren Wintermorgen gingen zwei junge
Damen, Clorinda und Teresa, im Garten des Klosters
von St. S— in Rom auf und ab. Wenn mein Leser nie ein
Kloster gesehen hat oder wenn er nur die von der
besseren Art gesehen hat, sollte er aus seinem Verstand
alles verbannen, was er von solchen Wohnsitzen gehört
oder sich vorgestellt hat, oder er kann sich nie in den
Garten von St. S— hineinversetzen. Er muss ihn sich
vorstellen, als von einem langen, niedrigen,
auseinandergezogenen, weißgetünchten, wettergegerbten
Gebäude begrenzt, mit vergitterten Fenstern, die
niedrigeren glaslos. Es ist ein Gemüsegarten, aber allein
der Abfall des Sommervorrats war zurückgeblieben,
außer einigen Kohlköpfen, welche die Luft mit ihren
stinkenden Ausdünstungen parfümierten. Die
Spazierwege waren vernachlässigt; noch nicht

---

[3] Elia alias Charles Lamb (1775-1834), englischer Dichter und Schriftsteller.
Gedichtfragment, das bisher nicht identifiziert wurde. Siehe hierzu die Einleitung
zu *The Works of Charles and Mary Lamb, ed. by E(dward) V(errall) Lucas, Vol.
IV: Poems and Plays, London 1913.*

überwuchert, aber übersät mit zerbrochener irdener Ware, Asche, Kohlstielen, Orangenschalen, Knochen und all diesen Zeichen der Nähe eines vielbesuchten, aber unordentlichen Hauses. Die Beete wurden von diesen Pfaden durchschnitten, und das Ganze wurde von einer hohen Mauer umgeben. Diese gewöhnliche Szene stand jedoch im Gegensatz zu dem, was es in diesem Land üblich war. Man sah die verfallenen und herumbaumelnden Äste der Passionsblume an den Mauern des Klosters; hier und dort wuchs eine Geranie zwischen den Kohlköpfen, ihr üppiges Blattwerk war übersät von scharlachroten Blüten, unberührt vom Frost; die Zitronenpflanzen waren entfernt worden, um sie zu schützen, aber Orangenbäume waren an der Mauer festgenagelt, die goldenen Früchte schauten inmitten der dunklen Blätter hervor; die Mauer selbst war durch tausendfache Farbtöne vielfarbig; und dicke und spitze Aloen wuchsen vor ihr. Vor der höchsten Mauer, gegenüber der Hintertür des Klosters, war eine Ecke der Anlage abgegrenzt; dies war die Grabstätte der Nonnen; und auf dem Pfad, der von der Tür zu dieser Einfriedung führte, gingen Clorinda und Teresa auf und ab.

„Er kommt nie!" rief Clorinda aus.

„Ich fürchte, dass die Abendessenglocke läutet und uns unterbricht, wenn er kommt", bemerkte Teresa.

„Ein grausames Hindernis hält ihn zweifellos ab", fuhr Clorinda seufzend fort, „und ich habe zu St. Giacomo gebetet und gelobt, ihm nächste Ostern die besten Blumen und eine einen Fuß lange Kerze zu spenden."

Teresa lächelte.

„Ich erinnere mich daran", sagte sie, „dass du zu Weihnachten solch ein Gelübde an San Francesco erfülltest - war das nicht wegen Cieco Magnis? Wenn du deinen Heiligen wechselst, wie dein Geliebter den Namen wechselt - sag es mir, süße Clorinda, wie vielen Heiligen hat deine Frömmigkeit genützt?"

Clorinda sah böse und dann traurig aus; große Tropfen versammelten sich in ihren dunklen Augen: „Du bist unfreundlich, um mich auf diese Art zu verspotten, Teresina; wann liebte ich bis jetzt wirklich? Glaube mir, nie; und wenn der Himmel mir Giacomo gewährt - Oh! Das ist seine Glocke! Ungezogene Teresa, du veranlasst mich, ihn mit Tränen in meinen Augen zu treffen."

Sie liefen davon in den Salon des Klosters und wurden dort von einer alten Frau erwartet, halb blind und fast taub, die beim Besuch von Giacomo de' Tolomei anwesend sein sollte, dem Bruder von Teresa. Er küsste die Hände der jungen Damen und dann begannen sie ein Gespräch, das durch ihre gedämpften Stimmen und das gelegentliche Einmischen von Französisch für ihren Argus[4] ziemlich unverständlich war, der eifrig mit dem Stricken eines großen grünen Kammgarnkopftuchs beschäftigt war.

„Nun?" sagte Clorinda in einem inquisitorischen Ton.

„Nun, liebe Clorinda ich habe unseren Plan ausgeführt, obwohl ich wenig von ihm erhoffe. Ich habe einen Heiratsantrag geschrieben; wenn Sie ihn billigen, sende ich ihn Ihren Eltern zu. Hier ist er."

„Was ist das für ein Papier?" schrie der Argus.

Teresa brüllte in ihr Ohr: „Nur die Geschichte vom letzten Wunder, das bei Assisi passierte" (Italiener,

---

[4] In der griechischen Mythologie der hundertäugige Bewacher der Io, einer von Hera in eine Kuh verwandelte Geliebten des Zeus.

männlich oder weiblich, sind keine großen Förderer der Wahrheit), „sehen Sie es sich an, liebe Eusta." (Eusta konnte nicht lesen.)

„Ich lese es Ihnen nach und nach vor."

Eusta machte mit ihrem Strickzeug weiter.

Die zwei Mädchen sahen einander an, lasen den Heiratsantrag, den Giacomo de' Tolomei für die Eltern von Clorinda Saviani aufgesetzt hatte. Das Papier war in zwei Spalten eingeteilt, eine überschrieben mit: „Der Antrag", die andere mit: „Bemerkungen, die dazu zu machen sind", und diese letztere Spalte war leer gelassen. Der Antrag selbst war in mehrere Überschriften eingeteilt und nummeriert. Er schickte voraus, dass eine stattliche Familie aus Siena wünschte, sich mit der Familie Saviani aus Rom in den Personen ihres ältesten Sohnes und Clorinda zu verbinden; die folgenden Gesichtspunkte zeigten den Häuptern dieses Hauses zuerst, dass der junge Mann gut geraten, gut aussehend, gesund, dem Studium geneigt und von untadeliger Moral war. Die Umstände seines Vermögens wurden dann aufgeführt, und die Ansprüche auf Mitgift; es schloss mit den Worten, dass, wenn die Eltern von Clorinda die vorgeschlagenen Bedingungen billigten, die jungen Leute einander vorgestellt werden könnten, und, wenn sie sich an ihrer Vorstellung gegenseitig erfreut hatten, die Hochzeit im Verlauf einiger Monate gefeiert werden könnte. Als Clorinda mit dem Lesen fertig war, fielen die Tränen, die sich in ihren Augen gesammelt hatten, Tropfen auf Tropfen auf das Papier.

„Weswegen weinen Sie?" fragte Giacomo, „warum beunruhigen Sie mich auf diese Art?"

„Dieser Antrag wird nie akzeptiert. Sie haben zwölftausend Kronen Mitgift verlangt; meine Eltern werden nicht mehr als sechs geben."

„Und dennoch", entgegnete Giacomo, „habe ich eine Summe genannt, von der ich überzeugt bin, dass mein Vater nie mit ihr einverstanden sein wird; er wird wenigstens zwanzigtausend verlangen; selbst wenn Ihre Eltern zustimmen, werde ich seine Zustimmung erst gewinnen müssen; aber, wenn Gebete und Tränen ihn bewegen können, werde ich nicht mit einem davon zurückhaltend sein."

Die Glocke läutete zum Abendessen, die alte Eusta erhob sich, und Giacomo zog sich zurück. Abendessen! Was für ein appetitliches Fest von klostergemäßen Süßigkeiten kann sich der Leser vorstellen? In Wahrheit bekommt er einen langen, ziegelgepflasterten Boden mit einer Menge langer Tischen und ebensolcher Bänke zu sehen; die Tische bedeckt mit nicht mehr weißen Tüchern, Fäßchen mit schwarzem Salz, Flaschen sauren Weins und kleinen Laiben bitteren Brots. Dann kam die *minestra*,[5] bestehend aus dem (denn es war Fastentag), was wir Makkaroni nennen, Wasser, Öl und Käse; dann etwas in Öl schwimmendes Gemüse; ein abschließendes Gericht aus mit Knoblauch gebratenen Eiern, und das Mahl für eine der hochgeborensten und schönsten Mädchen von Rom waren fertig. Clorinda Saviani war wirklich gut aussehend, und all ihre Züge drückten die *bisogna d'amare*[6] aus, die ihr Herz beherrschte. Sie war erst achtzehn und bereits seit fünf Jahren in diesem

---

[5] Ital.: Suppe.

[6] Ital.: Sehnsucht nach Liebe.

Kloster, wartend, bis ihr Vater einen Mann stattlicher Geburt finden würde, der mit einer mageren Mitgift zufrieden wäre. Während dieser Zeit hatte sie die Zuneigung von mehreren Jünglingen gewonnen, die unter verschiedenen Vorwänden das Kloster besucht hatten. Sie hatte Briefe geschrieben, gebetet und geweint und dann, unüberwindlichen Schwierigkeiten nachgebend, hatte sie ihr Idol geändert, obwohl sie nie aufhörte, es zu lieben. Der pingelige Engländer darf von dieser Vorstellung nicht angeekelt sein. Es ist vielleicht nur eine grobe Stellvertretung von dem, was in jedem Ballsaal bei uns stattfindet. Und wenn es darüber hinaus ging - die Natur der katholischen Religion, die das angeborene Gewissen unterdrückt indem es einem falschen dafür Raum gibt; das System von Hinterlist und Herzlosigkeit, das in einem Kloster besteht; die häufig verbreitete Maxime in Italien, dass die Schande an dem entdeckten, nicht an dem verborgenen Fehler hängt - alles dies bildet die Entschuldigung, warum es trotz zartem Herzen und viel natürlichem Talent, es weder Standhaftigkeit in Clorindas Liebe, noch Würde in ihrem Verhalten gab.

Nach ihrem Mahl zogen sich die Freundinnen in Clorindas Zelle zurück; ein kleiner, jedoch hoher Raum, mit einem ziegelgepflasterten Fußboden, der elend ausgestattet und weder sauber noch ordentlich war. Ein Betpult stand neben dem kleinen Bett mit einem Kruzifix darüber, zusammen mit zwei oder drei Drucken (wie unsere Drucke von Penny-Kindern)[7] von Heiligen,

---

[7] Im 19. Jahrhundert populäre Farblithographien mit kitschigen Darstellungen von Kindern der englischen Unterschicht.

unter denen St. Giacomo das frischeste und sauberste Gesicht zu haben schien; daneben befand sich ein Glas (der Trinkschale eines Vogels ähnelnd) das Weihwasser enthielt, oder vielmehr schlechtes Wasser, da es schon lange stand; in einem Wandschrank, dessen Tür angelehnt war, hing zwischen zerlumpten Büchern und weiblichen Gewändern ein Glaskästchen, das ein wächsernes Gesu Bambino[8] enthielt, und einige Blumen, gesammelt für diese heilige Weihe und wegen des Bedürfnisses nach Licht hängend, waren darunter drapiert; *mignionette*,[9] Basilikum und Heliotrop, von Unkraut überwuchert, waren am Fenster in einem hölzernen Trog gepflanzt; ein zerbrochener Spiegel; eine bleierner Tintenstand - das war Clorindas Boudoir.

„Ich verzweifle", rief sie aus, „ich sehe kein Ende meines Übels und nur ein Weg ist offen – Flucht."

„Der meinen Bruder ruinieren würde."

„Wie? Er ist aus einem anderen Staat."

„Und deine Ehre?"

„Ehre in diesem Verlies! O, lass mich die frische Luft des Himmels atmen; lass mich nicht mehr diesen Gefängnisraum sehen, diese hohen Mauern und all die Umstände meines Klosterlebens, und ich kümmere mich nicht um den Rest."

„Aber wie? Du kannst Leute ins Kloster hineinbringen, aber dich selbst hinauszubekommen, ist eine andere Sache."

---

[8] Ital.: Christkind.

[9] Färberwau (Reseda luteola); wurde als Gelbfärbemittel für Seide verwendet.

„Ich habe viele Pläne. Wenn dieser Antrag deines Bruders fehlschlägt, wie er es wird, offenbare ich sie ihm."

Eine Laienschwester kam jetzt herein, um die jungen Damen zu fragen, ob sie Kaffee mit der Mutter Oberin nehmen würden. Sie fanden sie allein; eine etwas untersetzte, Schnupftabak nehmende alte Frau; sie war in höchst schlechter Stimmung.

„Beim Leib des Bacchus!" begann sie, „Sie führen fremde Gesetze in St. S— ein! - Dieser Kaffee ist verabscheuungswürdig - Ihr Bruder, Teresina, ist jeden Tag hier - Ich verabscheue Kaffee ohne Rum - Clorinda sieht ihn, und man fängt an, darüber zu reden. Wenn er morgen kommt, dürfen nur Sie ihn empfangen und ihn darum bitten, seine Besuche einzustellen."

Clorindas Tränen vermischten sich mit ihrem Kaffee.

„Die alte Hexe!" sagte sie, als sie sich zurückgezogen hatten, „sie fischt nach einem Geschenk."

„Und muss eins haben; was soll Giacomo ihr bringen?"

„Lass ihn etwas Rum senden. Sahst du nicht das Gesicht, das sie über ihrem Kaffee machte? Doch sie ist zu knauserig, um ihn sich zu kaufen."

Eine Nachricht wurde hastig von Teresa an Giacomo geschickt, um ihn über die notwendige Opfergabe zu informieren. Er kam am nächsten Tag, wohl versorgt; denn der Kellner eines benachbarten Gasthauses begleitete ihn, sechs Flaschen tragend, die den Namen *Romme* trugen. Teresa wurde gerufen und schickte nach der Mutter Oberin, um sie um ihre Gegenwart zu bitten. Sie kam; Giacomo nahm seinen Hut ab.

„Signora", sagte er, „es ist Winterzeit, und ich bringe Ihnen ein winterliches Geschenk. Ehren Sie mich dadurch, dass Sie diesen Rum akzeptieren?"

„Signor, Sie sind zu gütig."

„Die Güte ist die Ihre, Signora, wenn Sie mich durch die Entgegennahme meines Geschenks ehren. Ich hoffe, dass Sie ihn gut finden."

Er entkorkte eine Flasche; Teresa holte ein Glas; Giacomo füllte es, und die Mutter Oberin leerte es. Im selben Moment trippelte Clorinda ins Zimmer. Sie fuhr zusammen in einer natürlichen Art und war im Begriff wieder zu gehen, nachdem sie Giacomo begrüßt hatte, aber er hielt sie auf. Sie setzten sich alle zusammen nieder, bis die Mutter Oberin abberufen wurde, um das Brot für das Abendessen auszuteilen, und die drei jungen Leute blieben zusammen zurück.

Die Mädchen wandten sich Giacomo mit interessierten Blicken zu; seiner war traurig.

„Mein Antrag ist nicht angenommen worden. Ihre Eltern antworteten, dass sie Sie jemanden versprochen haben und den Vertrag nicht brechen können."

„Und ich soll auf diese Weise geopfert werden!" rief Clorinda, ihre schönen Augen von Tränen benetzt.

„Willigen Sie ein?" sagte Giacomo vorwurfsvoll.

„Welches Mittel habe ich? Ich habe von Flucht geredet" (Giacomos Miene zerfiel), „und das ist, obwohl schwierig, nicht unmöglich."

„Wie?"

„Nun, meine Zelle grenzt an die der Mutter Oberin. Sie mag süße Dinge; am nächsten Feiertag werde ich einige Kuchen für sie machen, gefüllt mit Zucker und etwas

Opium. Ich kann dann die Schlüssel wegnehmen, mache einen Abdruck in Wachs (ich habe ein großes Stück davon), und Sie können sie leicht nachmachen lassen."

„Du würdest meinen Bruder in ein gefährlichen Unternehmen verwickeln", sagte Teresa.

„Meine liebe, liebe Clorinda, meine süße Freundin", sagte Giacomo, „Sie sind unwissend über die Wege der Welt. Ich würde mein Leben für Sie opfern; aber Sie würden Ihre Ehre auf diese Weise verlieren, ich würde gefangen gehalten werden, und Sie würde man in irgendein eintöniges Kloster in den Bergen schicken, bis Sie gezwungen werden, einen Rüpel zu heiraten, der Sie ihr Leben lang traurig machen würde."

„Was soll dann getan werden?" fragte Clorinda unzufrieden.

„Es erfordert Nachdenken. Etwas muss, etwas soll getan werden; seien Sie mir treu und weisen Sie das Angebot Ihrer Eltern zurück, und ich verzweifle nicht. Inzwischen breche ich morgen nach Siena auf und treffe meinen Vater."

Giacomo hatte Vertrauen zu einem jungen englischen Künstler gefasst, der in Rom wohnte, und er ließ die Sorge seiner Liebe in den Händen dieses Gentleman, während er sich schweren Herzens auf die wenige Tage dauernde Reise nach Siena begab. Am folgenden Tag kam ein Brief von fünf Seiten in einer fast unleserlichen Hand, der an Clorinda geliefert wurde. Unser Engländer hatte schon ein Jahr in Rom verbracht, aber er war nie noch innerhalb eines Klosters gewesen. Als er am gefängnisgleichen Gebäude von St. S— vorbeikam und mit seinem Auge die hochragenden Mauern seines Gartens maß, hatte er ihn im Geiste mit Nonnen jeden

Alters, Nationalität und Veranlagung bevölkert; die Feierlichen und Zurückhaltenden, die Ehrgeizigen, die Eifernden, und jene, die, ihre Gelübde bereuend, ihre Pritschen mit ihren mitternächtlichen Tränen nässten und dann, sich auf dem feuchten Marmor vor dem Kruzifix niederwerfend, zu Gott beteten, ihnen zu verzeihen, dass sie menschlich seien. Und dann dachte er an die Novizinnen, furchterfüllt wie Bräute, aber nicht so hoffnungsvoll; und von den Kostgängerinnen, die von der Welt draußen träumten wie wir vom Paradies jenseits des Grabes. Er stellte sich widerhallende Korridore vor, bemalte Fenster, den undurchdringlichen Kamin, die religiöse Abgeschiedenheit, und den Garten, das makelloseste aller Asyle, mit grasigen Spazierwegen, majestätischen Bäumen und verschleierten Gestalten, die unter ihrem Schatten huschten. Nun, dachte er, ich bin jetzt allenthalben darinnen; und, wenn ich mein Herz nicht verliere, werde ich wenigstens einige ausgezeichnete Hinweise für mein Bild *Die Berufung der Eloisa*[10] gewinnen.

Er durchquerte die äußere Halle, läutete an der Glocke, und die alte wacklige Pförtnerin kam in Richtung der Tür. Er fragte nach „der Signora Teresa de' Tolomei". Er wurde in den Salon gebeten - ein gewölbtes Zimmer, der Boden gepflastert, die Möbel schäbig, ohne Feuer oder Kamin, obwohl der kalte Ostwind den Boden mit Reiffrost bedeckte. Nach einigen Minuten trippelten die zwei Freundinnen ins Zimmer, gefolgt von Eusta, die statt ihrem Strickzeug einen Feuertopf trug, mit

---

[10] Héloïse (1099/1101-1164), Nonne und Priorin, bekannt durch ihre Korrespondenz mit ihrem Geliebten, dem Theologen und Mönch Abaelard.

Holzasche gefüllt, über denen sie ihre verdorrten Hände und ihre blaue, vom Frost angelaufene Nase hielt. Die Mädchen waren ein wenig erschrocken beim Anblick des Fremden, der auf sie zutrat und sich als Signor Marcott Alleyn vorstellte, ein Freund des Bruders von Teresa, der ihr eine kleine Schachtel überbrachte, zusammen mit einer Nachricht, die seiner Schwester gebot, dem Engländer unbedingt zu vertrauen.

Das Gespräch wurde angeregter. Keine störende Schüchternheit hinderte Clorinda daran, sich wortgewandt über ihre Leidenschaft zu äußern, besonders als sie das tiefe Interesse bemerkte, das ihre Darstellung erregte. Alleyn war ein Mann von äußerst ansprechenden Manieren; er hatte einen sanften Ton in der Stimme und Augen voller Ausdruck. Italienische Damen sind nicht an die englischen Regeln der Ritterlichkeit gewöhnt; seit jeher wird in diesem Land entweder geradeheraus geliebt, oder es herrscht die äußerste Kälte zwischen den Geschlechtern. Alleyns Mitleid wurde auf verschiedene Weise erregt. Er hörte, dass Clorinda seit fünf Jahren in diesem Kloster gefangengehalten wurde; er sah den trostlosen Garten, er fühlte die bittere Kälte, die durch nichts, außer durch die Feuertöpfe, gemildert wurde; er hatte einen Blick in die leeren Korridore und schmutzigen Zellen geworfen, und er sah in dem Opfer eine Eleganz der Manieren und eine zarte Sensibilität, die solch eintönigen Entbehrungen schlecht entsprach. Mehrere Besuche folgten, und Alleyn wurde der Liebling des Klosters. Er war erst siebzehn; sein Geist war edel; er unterhielt die Freundinnen, brachte den Nonnen Rum und Konfekt als Geschenk, küsste einige der am wenigsten Hässlichen, spielte Versteck mit der Mutter Oberin und führte sich in einer Woche mit größerer Freiheit in diese Abgeschiedenheit ein, als Giacomo es in einem Jahr getan hatte. Zuerst fühlte er mit Clorinda, jetzt er tat mehr - er unterhielt sie. Wenn sie über die Abwesenheit von Giacomo weinte, brachte er sie dazu, über irgendeine nebenbei erzählte Geschichte zu lachen, was sie ablenkte. Wenn sie über die kleinliche Tyrannei der Nonnen klagte, schmiedete er ein Komplott drolliger Rache, das sie ausführte. Er führte ein System von englischen Scherzen und Streichen ein, über das die armen Italienerinnen völlig bestürzt waren. Keine Erfahrung bewahrte sie davor, ihre Opfer zu werden; so zutiefst außerstande waren sie, die Bedeutung solcher Machenschaften zu erfassen. Und dann, wenn ihre lauten Stimmen vor Verwunderung und Ärger durch die gewölbten Gänge hallten, wurden sie mit sanften Worten und gut abgepassten Geschenken beschwichtigt.

Aber dieser Sonnenschein konnte nicht für immer dauern. Clorinda war zuerst glücklicher und fröhlicher, als sie jemals gewesen war. Sie bemühte sich vergeblich darum, die Abwesenheit ihres Geliebten zu beklagen. Alleyn hinderte jedes Gefühl außer Heiterkeit daran, eine Stelle in ihrem Herzen zu finden. Sie sah der Stunde seines Besuchs mit Freude entgegen, und die Fröhlichkeit, die er erregte, hinterließ ihre Spuren im Rest des Tages. Ihr Schritt war leicht; und sie fühlte die Kälte ihrer freudlosen Zelle nicht, seit sie mit Karikaturen der Mutter Oberin und der Nonnen geschmückt worden war; ihre Tyrannei wurde entweder eingeschläfert oder gerächt, und Giacomo war, ach! vergessen. Ihre liebeatmenden Briefe verloren ihr Feuer, und sie zu schreiben, wurde eine lästige Aufgabe; ihre Seufzer wurden in Lächeln gewandelt - aber diese verschwanden plötzlich wieder, und Clorinda wurde nachdenklicher und trauriger als jemals zuvor. Sie mied Teresa und verbrachte die meiste Zeit in einsamen Spaziergängen, auf und ab auf den geraden Pfaden des Gartens. Sie war mürrisch, wenn Alleyn nicht kam; wenn er angekündigt wurde, wurde sie rot, saß still in seiner Gegenwart, und, wenn einige seiner Einfälle ihr Gelächter provozierten, wurde es schnell von ihren Tränen gelöscht. Ihre Hingabe verlor sogar ihre gewohnte Wärme; Alleyn hatte keinen schützenden Heiligen; kein Marcott war jemals mit Kanonisierung geehrt worden, noch waren einige der in den Katakomben gefunden Knochen auf diesen transalpinen Namen getauft worden. „Je nun, dies ist spitzbübische Schurkerei; es bedeutet Unheil."[11] - Das kurze Unheil von Unbeständigkeit, einer neuer Liebe und all den Übeln, die zu solch einer Änderung gehören. Alleyn hatte keine Verdacht auf einen solchen Wechsel der Gezeiten, bis eines Morgens nach einem *tête-à-tête* einige leichte Aufmerksamkeiten von ihm Erröten auf ihre Wangen malten; das Geständnis kam nur wenig später, er hörte es mit einer Mischung aus Überraschung und Freude, und ein Kuss besiegelte ihre Untreue dem abwesenden Giacomo gegenüber, gerade als Teresa und Eusta eintraten.

Alleyn war erst siebzehn. In diesem Alter sehen Männer Frauen an wie ein lebendiges Eden. Sie wagen sich nicht vorzustellen, dass sie sich jemals an ihnen

---

[11] William Shakespeare, Hamlet; III. Akt, 2. Szene, Vers 147-148.

44

erfreuen können; sie lieben und träumen nicht davon, geliebt zu werden; sie suchen, und in ihren wildesten Phantasien stellen sie sich nicht vor, dass sie gesucht werden. Also ist es kein Wunder, dass das Herz von Alleyn vor Jubel schlug, sein Schritt leicht war, und seine Augen funkelten, als er das Kloster an diesem Tag verließ. Seine Besuche wurden jetzt häufiger; Teresa war durch Krankheit auf ihr Zimmer beschränkt und die Liebenden (obwohl dieser heilige Name durch solch einen Gebrauch profanisiert wird) wurden unbeobachtet zusammen gelassen. Clorindas Gedanken drehten sich gänzlich um Flucht und Alleyn förderte rücksichtslos solche Gedanken, bis sie eines Tages sagte: „Wenn ich das Kloster heute Nacht verlasse, werden Sie vor den Mauern sein, um mich zu empfangen?"

„Meine süße Clorinda, meinen Sie es ernst?"

„Ach! Nein, ich kann nicht. Aber in einigen Nächten hoffe ich, dass ich in der Lage sein werde, mein Vorhaben auszuführen. Seht, hier ist Wachs mit einem Abdruck der Schlüssel des Klosters; Sie müssen andere von ihm herstellen lassen. Die Schwestern werden in dieser Nacht gut schlafen, und vor dem Morgen werden wir weit weg auf unserer Reise in Richtung Ihres glücklichen Landes sein. Befürchten Sie nichts; meine Verkleidung ist bereit - alle wird gut gehen."

„Der Teufel will es!" dachte Alleyn, als er St. S— verließ, und, nachdem er den wächsernen Abdruck, den er erhalten hatte, sorgfältig an eine sonnige Mauer gestellt hatte, eilte er den Corso hinauf. „Und der Teufel holt mich, wenn ich jemals wieder zwischen jene Mauern gehe! Ich habe eine hübsche Saat gesät, aber ich bin nicht verrückt genug, um sie abzuernten; und wie das

Schicksal es will, hier ist Tolomei, zurückgekehrt, um mich wegen meines falschen Vorgehens zu zeihen. Ich wünsche allen Klöstern und Frauen…"

Tolomei sprach ihn jetzt an. Sie gingen zusammen in Richtung des Kolosseums und redeten von nebensächlichen Dingen. Sie stiegen auf den höchsten Teil der Ruine und dann, als sie inmitten belaubter Büsche und köstlicher Veilchen und Mauerblumen saßen, über die wüsten Gassen und das verletzte Forum von Rom schauten, fragte Giacomo:

„Was gibt es Neues von Clorinda?"

Alleyn wünschte sich gehängt zu sein, und mit einem Blick, der fast anzeigte, dass sein Wunsch im Begriff war, erfüllt zu werden, antwortete er kurz auf die Fragen seines Freundes und dann begann er sich am Riemen zu reißen, damit er seinen scharfen Blicken, denen eines Liebenden, entkommen könnte; die schmerzhafter waren als seine Worte. Giacomos Hoffnungen waren fast am Ende. Sein Vater war erbarmungslos; und er hatte außerdem erfahren, dass die von ihren Eltern als Ehemann für Clorinda ausgewählte Person in Rom angekommen war, und dies vervollständigte sein Elend. Er vergoss reichlich Tränen, als er dieses berichtete und endete mit der Erklärung, dass, wenn er Clorinda immer noch treu und liebevoll fand, die Widrigkeit seines Schicksals ihn zu irgendwelchen verzweifelten Maßnahmen drängen würde. Sie trennten sich schließlich, nachdem sie verabredet hatten, am folgenden Tag zusammen nach St. S— zu gehen.

Alleyn hielt diese Verabredung nicht ein. Er schickte eine Entschuldigung an Giacomo, der dementsprechend alleine ging. Am Abend erhielt er eine Nachricht von

Clorinda. Sie beklagte seine Abwesenheit; erklärte ihre vollkommene Abneigung gegen Giacomo; betrauerte ihr schweres Schicksal und, nachdem sie ihm eröffnet hatte, dass sie den folgenden Tag mit ihren Eltern verbringen würde, flehte sie ihn an, sie an dem nachfolgenden zu besuchen. Alleyn verbrachte die Zwischenzeit im Tivoli, damit er seinen verletzten Freund meiden konnte, und ging zur vereinbarten Stunde zum Kloster. Teresa und Clorinda waren zusammen; sie sahen beide verstört und verärgert aus; als Alleyn erschien, stand Teresa auf und verließ den Salon, einen verächtlichen Blick auf das bewusste Paar werfend. Clorinda brach in Tränen aus.

„Oh, mein teurer Freund", rief sie, „ich bin durch herzzerreißende Szenen gegangen, seit ich Sie zuletzt sah. Diese grausame Teresa rügt mich ständig, und Giacomos stiller Blick des Kummers ist ein noch größerer Vorwurf. Doch ich bin unschuldig. Dieses Herz ist meiner Kontrolle entglitten; seine überwältigenden Empfindungen widersetzen sich allen Bemühungen meines Verstandes, und ich liebe leidenschaftlich ohne Hoffnung, fast ohne eine Umkehr - noch ist dies alles."

Sie berichtete dann, dass sie während des Besuchs ihrer Eltern tags zuvor der Person vorgestellt worden war, in dessen Hände ihre Eltern sie geben wollten.

„Zuerst", machte sie weiter, „hatte ich keine Kenntnis über das ins Werk gesetzte Vorhaben und sah ihn mit Gleichgültigkeit an. Sogleich nahm mich meine Mutter beiseite; sie begann mit einem Sturzbach von Vorwürfen; sagte mir, dass all meine Listen entdeckt worden waren und zeigte mir dann einen Brief von mir an Giacomo, der durch dieses raffinierte Monster, die Mutter Oberin, abgefangen worden war, und schloss damit, dass sie mir sagte, dass ich einverstanden sein müsse, die Persönlichkeit, der ich vorgestellt worden war, sofort zu heiraten. ‚Nicht dass du gezwungen werden sollst', sagte sie; ‚hüte dich deshalb davor, dieses Gerücht zu verbreiten; aber dein Verhalten macht die stärksten Maßnahmen erforderlich. Wenn du diese Übereinstimmung ablehnst, die in jeder Weise angemessen für dich ist, musst du dich darauf vorbereiten, in ein Kloster der Karthäuser-Nonnen bei Benevento geschickt zu werden, wo du, wenn du den Schleier nicht nimmst, streng bewacht werden wirst, und deine Komplotte, Briefe und Liebhaber werden von keinem Nutzen sein.' Ohne mir eine Antwort zu erlauben, führte mich diese grausame Mutter zum Wohnzimmer zurück; diese Persönlichkeit, deren Name Romani ist, näherte sich mir und nahm sogleich eine Gelegenheit wahr, mich zu fragen, ob ich mit der Anordnung meiner Eltern einverstanden war. Was konnte ich sagen? Ich gab eine ungnädige Zustimmung, und sie betrachteten die Angelegenheit als erledigt. Sein Besitz ist nahe Spoleto, und er ist fort, um sich auf meinen Empfang vorzubereiten. Die Schriftstücke sind aufgesetzt; die Zeit kommt bald, zu der ich meinen Käfig wechseln und mein Leben lang traurig sein werde. Sie alleine, Alleyn, Sie, großzügiger und tapferer Engländer können mir helfen; nehmen Sie mich daher fort; tragen Sie mich weg zu Freiheit und Liebe und lassen Sie nicht zu, dass ich diesem unbekannten Bräutigam geopfert werde, dessen Person ich kaum kenne; der Gedanke an ihn erfüllt mein Herz mit Verzweiflung."

Alleyn antwortete, wie er es am besten vermochte, mit Ausdrücken wirklicher Trauer, aber geringen Trostes, und die erbarmungslose Abendessenglocke läutete und trennte sie, gerade als er seine Antwort beendete.

Am selben Abend erhielt Alleyn eine Nachricht von ihr.

„Mein Entsetzen über diese Ehe", schrieb sie, „nimmt in dem Maße zu, wie der Zeitpunkt ihrer Verwirklichung bevorsteht. Ich höre heute, dass meine Eltern Romani schon mein *corrèdo*[12] gegeben haben, das er in Juwelen und Kleidern für mich aufwenden soll, und dass mein Schicksal auf diese Weise beinahe besiegelt ist. Ich werde aus Rom und von meinen Freunden verbannt werden; ich werde mit einem Fremden zusammenleben - ich muss unglücklich sein. Giacomo ist besser als dies. Aber, da eine Vereinigung mit ihm unmöglich ist, und Sie es ablehnen, mir zu helfen und eine zu befreien, von der Sie sagen, dass Sie sie lieben, hören Sie einen Plan, den ich mir ausgedacht habe. Vor einigen Jahren wurde ich von jemanden angesprochen, der zu dieser Zeit mein Herz gewann, und den ich immer noch mit Zärtlichkeit betrachte. Die Geringfügigkeit meiner Mitgift veranlasste seinen Vater, den Vertrag zu brechen; dieser Vater ist jetzt tot. Gehen Sie zu diesem Gentleman - finden Sie heraus, ob er mich noch immer liebt. Verheiratet mit ihm, würde ich mit einem verbunden sein, dessen Vorzüge ich kenne - ich würde in Rom leben, und es gäbe eine Linderung meines grausamen Schicksals. Kommen Sie danach morgen zum Kloster und bemühen Sie sich darum, Ihre traurige Freundin zu trösten."

Wie leicht vermutet werden kann, machte Alleyn den gewünschten Besuch beim ehemaligen Geliebten Clorindas nicht. Vielleicht hatte sie das erwartet; denn in derselben Nacht schrieb sie diesem selbst. Ihr Brief war lang und eloquent. Seine Ausdrücke schienen vom Überfließen eines leidenschaftlichen und liebevollen Herzens herzurühren. Sie nannte Alleyn einen gewöhnlichen Freund und drängte zur Eile bei jeder Maßnahme, die man verfolgen würde. Dieser Brief wurde abgefangen und ihren Eltern zugetragen. Am folgenden Tag erhielt Alleyn eine verzweifelte Nachricht, in der sie ihn darum anflehte, nicht zu versuchen, zum Kloster zu kommen.

„Ach!" schrieb sie, „wie wahrlich traurig ich bin! Was für ein Schicksal! Ich leide und bin die Ursache für tausend Kümmernisse für andere. Oh Himmel! Ich wäre besser tot; dann würde ich aufhören zu klagen, oder wenigstens nicht mehr der Anlass des Elends für andere sein. Jetzt werde ich von anderen und sogar von mir gehasst - oh, mein unvergleichlicher Freund! Engel meines Herzens! Kann ich die Ursache des Elends sogar für Sie sein? Sehen Sie Giacomo, meinen teuren Freund? Sagen Sie ihm, wie sehr er mir leid tut, aber raten Sie ihm, in meinem Namen, von allen weiteren Bestrebungen abzulassen. Er muss mir erlauben, meinen Eltern zu gehorchen, denn sie werden niemals einwilligen. Mein einziges Ziel ist jetzt, aus diesem Gefängnis zu entkommen."

Ein weiterer und noch ein weiterer Brief kam; und sie bat ihn aufrichtig, nicht zum Kloster zu kommen. Auf diese Weise verging beinahe ein Monat, als Alleyn eines frühen Morgens von einem Besuch der Mutter Oberin des Klosters von St. S— überrascht wurde. Die alte Dame schien voller Neuigkeiten zu sein. Sie trank den *rosoglio*,[13] den er ihr überreichte, nahm Schnupftabak und machte ihre Rechnung auf. Sie redete von den Schwierigkeiten, die sie immer mit der armem Clorinda gehabt hatte; erging sich in Schimpfreden gegen Giacomo; während ihrer langen Rede lobte sie ihre eigene Weisheit, die zärtliche Zuneigung von Clorindas Eltern und berichtete, wie sie sich immer dem Zutritt von jungen Männern in das Kloster widersetzt hatte und ihrem freien Umgang mit Clorinda, außer von ihm selbst; aber dass seine Höflichkeit und bekannte Integrität sie in diesem besonderen Fall veranlasst hatte, ihre Disziplin zu lockern; und sie schloss damit, dass sie ihn aufforderte, das Kloster zu besuchen, wann immer es ihm angenehm sein sollte. Damit verließ sie ihn.

Alleyn war sehr verstört. Er wollte nicht nach St. S— gehen; er wusste, dass er Clorinda nicht wieder sehen durfte. Er beschloss, überhaupt nicht mehr auszugehen und saß da, dachte an ihre Schönheit, ihre Liebe und ihre ungekünstelten Manieren, bis er beschloss, doch noch spazieren zu gehen, um solche Gedanken loszuwerden. Er eilte den Corso hinunter und bevor er es recht wusste, fand er sich vor der Tür des Klosters von St. S—. Er zögerte, dann bewegte er sich wieder und betrat die äußere Halle. Seine Hand war auf der Glocke, als die Tür sich öffnete und Giacomo herauskam. Als er Alleyn sah, warf er sich in seine Arme und vergoss eine Flut von Tränen. Dieses *exordium*[14] erschreckte unseren

---

[13] Italienischer Orangen-Likör.

[14] Lat.: Einleitung.

Engländer; der Schluss war schnell erzählt. Clorinda hatte Romani am Tag zuvor geheiratet und am selben Abend Rom verlassen Richtung Spoleto.

Diese Neuigkeiten ernüchterten Alleyn sofort; er schüttelte sich fast, als er an die Torheit dachte, die er im Begriff gewesen war zu begehen. Er fühlte sich wie jemand, der von einer freundlichen Hand zurückgehalten wurde, als er im Begriff war, seinen Fuß über den Rand eines hohen Abgrunds zu setzen. Sie wandten sich von der Klostertür ab.

„Und dennoch", sagte Alleyn, als er weiterging, „sind Sie sich sicher über die Wahrheit Ihrer Darstellung? Die Mutter Oberin besuchte mich gestern und forderte mich auf, St. S— zu besuchen. Warum sollte sie dies tun, wenn Clorinda fort ist? Ich bin beinahe geneigt, zu gehen und dieses Geheimnis zu ergründen."

„Ja doch, gehen Sie auf jeden Fall", antwortete Giacomo verbittert, „Sie werden willkommen sein; füllen Sie Ihre Taschen mit Zuckerpflaumen; verabreichen Sie der alten Dame *rosoglio* und küssen Sie die sanften Nonnen, die jüngsten von ihnen tragen das Gewicht von sechzig Jahren unter dem Kopfband auf ihrer Stirn. Sie vermissen ihre Gaumenfreuden, und da Clorinda fort ist, wer weiß, welch andere Netze sie weben könnten, um so einen wertvollen Gewinn zu sichern. Wahrlich, Sie sind ein Engländer und ein Ketzer; Worte, die, interpretiert in reines Toskanisch, bedeuten, ein unermüdlicher Verschwender zu sein und einer, verzeihen Sie mir, dessen Bewusstsein beim Verletzen jenes Heiligtums nicht mehr angefochten wird, als beim Essen von Fleisch an Freitagen. Gehen Sie auf jeden Fall, und machen Sie das Beste aus Ihrem Glück unter diesen Houris."[15]

„Besser gesagt, nehmen Sie die Postpferde nach Spoleto, Freund Giacomo. Und doch nicht - es ist alles Eitelkeit und Verärgerung des Geistes. Ich werde meine *Berufung der Eloisa* malen gehen."

---

[15] Houri, von arab. *hûr* (großäugig); moslemische Vorstellung von jungfräulichen Gattinnen im Paradies (Koran, Sure 56).

Die Aufsteigerin

Warum ich meine melancholische Geschichte schreibe? Ist sie als Lektion gedacht, um zu verhindern, dass eine andere sich wünscht, in einen höheren Stand aufzusteigen als der, in den sie geboren wurde? Nein! So unglücklich ich auch bin, andere könnten glücklich werden. In meiner Lage zweifle ich nicht daran: der Kelch ist für mich allein vergiftet worden! Bin ich bösartig - bin ich schlecht? Was sind meine Fehler gewesen, das ich jetzt geächtet und unglücklich bin? Ich werde meine Geschichte erzählen - ich will andere über mich urteilen lassen; mein Verstand ist durcheinander, ich kann nicht selbst über mich urteilen.

Mein Vater war Gutsverwalter bei einem wohlhabenden Edelmann. Er heiratete jung und hatte mehrere Kinder. Er verlor dann seine Frau und blieb fünfzehn Jahre Witwer, bis er wieder ein junges Mädchen heiratete, die Tochter eines Geistlichen, der gestorben war und zahlreiche Sprösslinge in extremer Armut hinterlassen hatte. Mein Großvater mütterlicherseits war ein Mann von Feingefühl und Schöpferkraft gewesen; meine Mutter erbte viele seiner Begabungen. Sie war ein Engel auf Erden; alle ihre Taten waren von Nächstenliebe bestimmt, alle ihre Gedanken von Liebe.

Innerhalb eines Jahres nach ihrer Heirat schenkte sie Zwillingen das Leben - meiner Schwester und mir; bald danach erkrankte sie schwer und von dieser Zeit an war sie sehr schwach. Sie litt unter Müdigkeit und selten bewegte sie sich aus ihrem Stuhl. Ich sehe sie noch - ihr weißen empfindlichen Hände, mit Näharbeit beschäftigt, ihr sanften Augen auf mir ruhend, aus denen Liebe leuchtete. Ich war noch ein Kind, als mein Vater in Schwierigkeiten kam und wir den Teil des Landes verließen, in dem wir bisher gelebt hatten. Wir gingen zu einem entfernten Dorf, in dem wir ein Häuschen mieteten, an das ein wenig Land grenzte. Wir waren arm und die ganze Familie unterstützte sich gegenseitig. Meine älteren Halbschwestern waren starke, fleißige und bäuerliche junge Frauen. Sie unterwarfen sich einem Leben in Arbeit mit großer Fröhlichkeit. Mein Vater hielt den Pflug, meine Halbbrüder arbeiteten in den Ställen; alles war Mühsal, dennoch schien alles Vergnügen zu sein.

Wie glücklich meine Kindheit war! Hand in Hand mit meiner lieben Zwillingsschwester zupfte ich die Frühlingsblumen in den Hecken, wendete das Heu auf den Sommerwiesen, rüttelte im Herbst die Äpfel von den Bäumen, und zu allen Jahreszeiten sprang ich in köstlicher Freiheit unter freiem Himmel herum. Mir wurden zu Füßen meiner Mutter die süßesten Lektionen von Barmherzigkeit und Liebe erteilt, während sie mich liebkoste. Meine älteren Schwestern waren freundlich zu mir; wir alle wurden durch starke Zuneigung verbunden. Das empfindliche, zerbrechliche Dasein meiner Mutter brachte etwas Abwechslung in unsere Monotonie, während ihre Tugenden und ihre Vornehmheit etwas Anmut in unseren behaglichen Haushalt brachten.

Meine Schwester und ich schienen keine Zwillinge zu sein, so verschieden waren wir. Sie war robust, rundlich, voller Leben und Geist; ich war lang, dünn und sehr hellhäutig, sogar bleich. Ich liebte es, mit ihr zu spielen, wurde aber bald müde, und dann kroch ich an die Seite meiner Mutter. Sie sang mich in den Schlaf, wiegte mich an ihrem Busen und schaute auf mich mit dem ihr eigenen, engelhaften Lächeln. Sie ertrug ihre Schmerzen, um mich zu unterweisen, nicht in praktischen Fertigkeiten, aber in wahrem Wissen. Sie enthüllte mir die Wunder der sichtbaren Schöpfung, und zu jeder Geschichte von Vogel und Tier, von brennendem Berg oder gewaltigem Fluss, fügte sie irgendeine Moral hinzu, abgeleitet aus ihrem warmen Herzen und aus ihrer leidenschaftlichen Phantasie. Vor allem prägte sie mir die Gebote der Evangelien ein: Barmherzigkeit für jedes Mitgeschöpf, die Brüderschaft der Menschheit, die Rechte, die jedes empfindungsfähiges Geschöpf in unseren Diensten besitzt. Ich war ihre Pflegerin; denn, arm wie sie war, war sie die Wohltäterin jener, die noch ärmer waren. Mit Feinfühligkeit half ich ihr bei den ihr aufgetragenen Näharbeiten, während meine Schwester sie bei den restlichen Arbeiten im Haushalt oder in bei den Feldarbeiten unterstützte.

Als ich siebzehn war, geschah ein grässlicher Unfall. Eine Heumiete fing Feuer; sie stand in Verbindung zu unseren Seitengebäuden und dadurch zum Häuschen. Wir waren um Mitternacht aus unseren Betten aufgeschreckt und kaum mit unserem Leben davongekommen. Meine Vater hatte meine Mutter auf seinen Armen hinausgetragen und dann versucht, einen Teil seines Eigentums zu retten. Das Dach des Häuschens stürzte auf ihn. Er wurde nach einer Stunde ausgegraben; versengt, verstümmelt, verkrüppelt fürs Leben.

Wir wurden zwar alle gerettet, aber ich wurde nur durch ein Wunder verschont. Meine Schwester und ich waren durch Schreie aufgewacht: „Feuer!". Das Häuschen war bereits in Flammen gehüllt. Susan, mit ihrer gewohnten Unerschrockenheit, hetzte durch die Flammen und entkam; ich dachte nur an meine Mutter und eilte zu ihrem Zimmer. Das Feuer tobte um mich, es umkreiste mich - schloss mich ein. Ich glaubte, dass ich sterben müsse, als ich mich plötzlich ergriffen und weggetragen fühlte. Ich schaute auf meinem Retter - es war Lord Reginald Desborough.

Noch viele Sonntage danach, als wir in der Kirche waren, wusste ich, dass die Augen von Lord Reginald auf mir ruhten. Er war Susan und mir auf unseren Wegen begegnet; er hatte in unserem Häuschen vorgesprochen. In seinen Augen, seiner weichen Stimme und seinem ernsthaften Blick lag ein ernstes Interesse, und mein Herz klopfte vor Freude, als ich dachte, dass er mich bestimmt liebte. Von ihm gerettet worden zu sein, machte die Gabe des Lebens doppelt kostbar.

Es gibt für mich einen dunklen Punkt in diesem Teil meiner Geschichte. Es trifft zu, dass Lord Reginald mich liebte; warum er mich liebte (so sehr, dass er den Stolz auf Rang und Namen mir zuliebe vergaß; er, der danach keine Tendenz zeigte, die Vorurteile und die Gewohnheiten von Stand und Reichtum zu missachten), kann ich nicht sagen; es erscheint merkwürdig. Er hatte mich vorher schon geliebt, aber von der Stunde an, da er mein Leben rettete, wuchs seine Liebe zu einer überwältigenden Zuneigung. Er bot uns eine Hütte auf seinem Besitz als Zuflucht an; und während wir dort waren, sandte er uns Spiele als Geschenke und, noch freundlicher, Früchte und Blumen für meine Mutter. Er kam auch selbst; besonders, wenn alle fort waren, ausgenommen meine Mutter und ich. Er saß bei uns und unterhielt sich. Bald lernte ich, den weichen bittenden Blick seiner Augen zu erwarten und wagte es beinahe, ihn zu beantworten. Meine Mutter nahm einmal diese flüchtigen Blicke wahr und ergriff eine Gelegenheit, an die guten Gefühlen von Lord Reginald zu appellieren, mich nicht für mein Leben unglücklich zu machen, indem er eine Zuneigung einpflanzte, die nur zum Unglück führen könnte. Seine Antwort war sein Bitte an mich, ihn zu heiraten.

Ich brauche nicht zu sagen, dass meine Mutter dankbar zustimmte; dass mein Vater, seit dem Feuer an sein Bett gefesselt, Gott mit Begeisterung dankte; dass meine Schwestern von Freude bewegt wurden. Ich selbst war ein wenig überrascht, obwohl am glücklichsten von allen. Nur war ich recht verwundert, was konnte er in mir sehen? So viele Mädchen von Stand und Vermögen waren hübscher als ich. Ich war ein ungebildetes Mädchen von niedriger Geburt und dazu ohne Mitgift. Es war schon seltsam.

Dann dachte ich nur noch an das Glück, ihn zu heiraten, von ihm geliebt zu werden und mein Leben mit ihm zu verbringen. Mein Hochzeitstag war festgelegt. Lord Reginald hatte weder Vater noch Mutter, die seine Vorbereitungen behindern konnten. Er erzählte es keinem seiner Verwandten; er wurde in der Zwischenzeit einer aus unserer Familie. Er sah keinen Mangel in unserer Lebensart oder in meiner Kleidung; er war mit allem zufrieden. Er war liebevoll, gewissenhaft und freundlich, auch zu meinen älteren Schwestern. Er schien meine Mutter zu verehren und wurde ein Bruder für meine Schwester Susan. Sie war verliebt und bat ihn zu intervenieren, um die Zustimmung ihrer Eltern für ihre Wahl zu gewinnen. Er tat es; und obwohl Lawrence Cooper, der Tischler des Ortes, vorher von ihnen verschmäht worden war, wurde er, dank Lord Reginalds Fürsprache, angenommen. Lawrence Cooper war jung, gutaussehend, von gewinnender Art, und Susan herzlich zugetan.

Mein Hochzeitstag kam. Meine Mutter küsste mich herzlich, mein Vater segnete mich mit Stolz und Freude, meine Schwestern standen strahlend vor Freude um mich herum. Es gab nur einen Wermutstropfen in der allgemeinen Freude - dass ich unmittelbar nach meiner Hochzeit ins Ausland fahren würde.

Von der Kirchentür aus stieg ich in den Wagen. Immer und immer wieder wurde ich von meiner lieben Mutter umarmt, dann setzten sich die Räder in der Bewegung und wir waren fort. Ich schaute aus dem Fenster hinaus; da war die teure Gruppe: mein alter Vater, weißhaarig und gealtert, in seinem großen Stuhl; meine Mutter, lächelnd durch ihre Tränen, mit gefalteten Händen und einem voller Dankbarkeit nach oben gerichteten Blick, lange Jahre des Glückes für ihr Kind vorwegnehmend; Susan und Lawrence Seite an Seite stehend, neidlos über mein großes Glück, glücklich mit sich selbst; meine Schwestern, von Stolz und Freude überwältigt über die Geschenke, die ihnen gemacht worden waren und den Wohlstand, der ihnen durch die Großzügigkeit meines Ehemannes zufloss. Alle sahen glücklich aus und es schien, als ob ich die Ursache dieses ganzes Glückes war. Wir waren in der Tat von schrecklichen Übeln gerettet worden; Ruin war dem Feuer gefolgt, und wir waren durch dieses schlimme Ereignis in eine Not geraten, von der unser Glück nun seinen Anfang nahm. Ich fühlte mich stolz und froh. Ich liebte sie alle. Ich dachte, ich mache sie glücklich – sie sind durch mich wohlhabend! Und mein Herz wärmte sich an dieser Vorstellung mit Dankbarkeit für meinen Ehemann.

Wir verbrachten zwei Jahre im Ausland. Es war für mich, die immer in einer dichtbevölkerten Welt von den Meinen umringt gewesen war, ziemlich einsam, mich zwischen Ausländern und Fremden zu finden; die unterschiedlichen Gewohnheiten der Geschlechter in den höheren Ständen trennen sie so von einander, dass ich nach einigen Monaten die meiste Zeit in Einsamkeit verbrachte. Ich haderte nicht; ich war mit dem Blick in das harte Antlitz des Lebens aufgewachsen; wenn ich auch nicht unerschrocken war, so hatte ich mich doch damit abgefunden. Ich erwartete kein vollkommenes Glück. Im gewöhnlichen Leben werden Ehen von vielen Sorgen begleitet. Bei mir war es anders: mein Ehemann liebte mich; und obwohl ich mich häufig danach sehnte, die lieben vertrauten Gesichter zu sehen, die sich im Heim der Kindheit drängten und mich vor allem nach den Liebkosungen meiner Mutter und ihre klugen mütterlichen Ratschläge verzehrte, war ich dennoch für einige Zeit zufrieden, nur an sie und die Hoffnung auf eine Wiedervereinigung zu denken.

Einige Dinge schmerzten mich doch. Ich war, selbst arm, aufgewachsen zwischen den Armen und nichts, seit ich einen Gedanken fassen kann, hat mich mehr erstaunt und in meinen Gefühlen erschüttert, als der Gedanke daran, wie die Reichen für sich selbst soviel aufwenden konnten, während einige ihrer Mitgeschöpfe in Bedürftigkeit lebten. Ich hielt nichts von der patrizischen Wohltätigkeit (obwohl sie lobenswert ist), die darin besteht, dünne Suppe und grobe Flanellunterwäsche zu verteilen – eine Art Instinkt oder Gefühl für Gerechtigkeit (der Spross meines niederen väterlichen Herds und der erleuchteten Frömmigkeit meiner Mutter) war tief eingepflanzt in meinem Verstand: dass alle ebenso ein Recht auf die Annehmlichkeiten des Lebens hatten wie ich selbst, oder sogar wie mein Ehemann. Meine Wohltaten, wie sie genannt wurden (sie erschienen mir eher als Abzahlung meiner Schulden bei meinen reichlich vorhandenen Mitgeschöpfen), waren üppig. Lord Reginald überprüfte sie streng; aber da ich eine großzügige Zuwendung für meinen eigenen Unterhalt erhielt, versagte ich mir tausend Nichtigkeiten, um der Versorgung der Hungrigen willen. Nicht nur Wohltätigkeit trieb mich an, sondern ich konnte auch keinen Sinn dafür entwickeln, Geld für mich selbst auszugeben - ich mochte diese Zurschaustellung von Reichtum nicht. Mein Ehemann nannte meine Ideen erbärmlich und tadelte mich streng, als ich, anstatt alle Konkurrentinnen auf einem Fest zu überstrahlen, ohne jeden Schick gekleidet erschien, und warm erklärte, ich könnte und würde nicht zwanzig Guineen für ein Kleid ausgeben, wenn ich mit der gleichen Summe viele traurige Gesichter in Lächeln kleiden und große Freude in viele sinkende Herzen bringen könnte.

War ich im Recht? Ich glaube fest, dass es keinen Reichen gibt, der nicht bestätigen würde, dass ich das Falsche getan hatte; dass meinen Ehemann zufrieden zustellen und seinem Stand Ehre zu erweisen, meine erste Pflicht gewesen wäre. Jedoch (soll ich es bekennen?) sogar jetzt, unglücklich gemacht durch diesen Fehler (ich kann nicht es nicht so nennen - ich es nenne es ein Missgeschick), vergeude ich meine Zeit am schwachen Feuer in dem Wissen, dass ich die Zuneigung meines Ehemannes nur verlor, weil ich das tat, was ich für meine Pflicht hielt.

Aber dazu komme ich noch nicht. Es war erst nach meiner Rückkehr nach England, als das volle Unglück über mich hereinbrach. Meine Familie hatte sich häufig wegen Geld an uns gewandt, und Lord Reginald hatte fast allen ihren Wünschen nachgegeben. Als wir nach zwei Jahren Abwesenheit London erreichten, war mein erster Wunsch, meine liebe Mutter wiederzusehen. Sie war in Margate, wegen ihrer Gesundheit. Wir vereinbarten, dass ich allein dorthin gehen und ihr einen kurzen Besuch abstatten sollte. Bevor ich ging, erklärte Lord Reginald mir (was ich vorher nicht wusste), dass meine Familie häufig übertriebene Forderungen an ihn gerichtet hatte; er hatte beschlossen, ihnen nicht zu entsprechen. Er sagte mir, dass er nicht den Wunsch hegte, die Stellung meiner Verwandten in der Gesellschaft anzuheben; und das in der Tat seiner Auffassung nach nur zwei unter ihnen waren, die berechtigte Ansprüche gegen mich hätten - meine Mutter und meine Zwillingsschwester. Die erstere wäre zu jedem unangemessenen Wunsch unfähig und die letztere hätte durch die Heirat mit Cooper ihre eigene Stellung festgelegt und könnte keinesfalls über den Stand ihres erwählten Ehemanns angehoben werden. Ich war mit vielem einverstanden, was er sagte. Ich antwortete, dass er genau wisse, dass mein eigener Geschmack mich dazu führe, das Mittelmaß für die beste und glücklichste Situation zu halten; dass ich nicht den Wunsch hätte und nie zustimmen würde, dass irgendwelche extravaganten Forderungen von seiten der Personen gestellt würden, die er in gesicherte Verhältnisse gebracht hatte, gleichwohl sie mir teuer wären.

Zufrieden mit meiner Antwort, verabschiedete sich mein Ehemann sehr liebevoll von mir, und ich machte mich auf meinen Weg nach Margate mit einem hellen und frohen Herzen. Die herzliche Aufnahme, die mir meine Familie bereitete, die sich dort vollständig versammelt hatte, um mich zu begrüßen, erhöhte meine Zufriedenheit noch. Die einzige Beeinträchtigung meiner Zufriedenheit war der Zustand meiner Mutter: sie war zu einem Schatten dahingeschwunden. Alle redeten und lachten um sie herum, aber es war für mich offensichtlich, dass sie nicht mehr lange zu leben hatte.

Es gab keinen Raum für mich in dem kleinen möblierten Haus, in dem sie sich alle drängten, also blieb ich im Hotel. Früh morgens, bevor ich auf war, besuchte mein Vater mich. Er bat mich, sich für ihn bei meinem Ehemann einzusetzen. Er hatte sich im Vertrauen auf dessen Unterstützung auf eine Spekulation eingelassen, die viel Kapital erforderte. Viele Familien würden ruiniert und er selbst entehrt werden, wenn nicht einige Hunderter vorgestreckt würden. Ich versprach, zu tun was ich konnte und war entschlossen, meine Mutter um Rat zu bitten und mich von ihr leiten zu lassen. Mein Vater küsste mich in einem Überschwang von Dankbarkeit und verließ mich.

Ich kann nicht auf alle diese traurigen Details eingehen; alle meine Halbbrüder und Schwestern waren verheiratet und vertrauten für ihren Erfolg im Leben auf die Unterstützung von Lord Reginald. Alle dachte offenbar, dass sie nur um wenig baten, wenn sie nicht den gleichen Anteil an meinem Luxus und Vermögen verlangten; aber sie alle waren in Schwierigkeiten; alle benötigten große Unterstützung; alle hingen von mir ab.

Zuletzt war es meine eigene Schwester Susan, die mich um etwas bat - aber ihr Antrag war der gemäßigteste von allen; sie wünschte nur zwanzig Pfund von mir. Ich gab sie ihr sofort aus meiner eigenen Börse.

Sobald ich meine Mutter sah, erklärte ich ihr meinen Schwierigkeiten. Sie erklärte mir, dass sie das erwartet hatte und dass es ihr das Herz brach. Ich müsse allen Mut zusammennehmen und diesen Wünschen widerstehen. Meines Vaters Unvorsichtigkeit hätte ihn ruiniert und er müsse dem Übel selbst begegnen, das er über sich gebracht hatte. Meine zahlreichen Verwandten wären absolut verrückt in der Vorstellung von dem, was ich für sie tun könnte. Ich hörte mit Gram zu; ich sah die Quälgeister im Geiste vor mir. Ich fühlte meine eigene Schwäche und wusste, dass ich ihrer Habgier nicht mit genügend Mut oder Festigkeit begegnen konnte. In der gleichen Nacht fiel meine Mutter in Krämpfe; ihr Leben wurde nur unter Schwierigkeiten gerettet. Von Susan erfuhr ich die Ursache ihres Anfalls. Sie hatte eine heftige Auseinandersetzung mit meinem Vater gehabt. Sie hätte darauf beharrt, dass er mich nicht um Hilfe bitten sollte. Daraufhin hätte er ihr vorgeworfen, dass sie meine Pflichtvergessenheit fördern und Ruin und Schande über seine grauen Haare bringen würde. Als ich meine blasse Mutter sah, bebend, schwach, sterbend - als mir immer wieder versichert wurde, dass sie mein Vaters

Opfer sein muss, es sei denn ich gab nach; da ich schrieb, was Wunder, in der Qual meiner Bedrängnis meinem Ehemann und flehte ihn um seine Unterstützung an.

Oh, was für düstere Wolken jetzt mein Schicksal verdunkelten! Wie ich mich, in einer Art überwältigender Grausamkeit, an das grenzenlose Meer, an die weißen Klippen und die breiten Strände von Margate in jenen Tagen erinnere! Der Sommertag, der meine Ankunft begrüßt hatte, wandelte sich in der Zwischenzeit zu kahlem, winterlichen Wetter, während ich mit Qualen auf die Antwort meines Ehemannes wartete. Gut erinnere mich ich an den Abend, an dem sie kam: die Wellen des Meeres zeigten ihre weißen Kämme, kein Schiff, das es riskiert hätte, dem Sturm mit irgendwelchem Segeltuch (ausgenommen einem Topsegel) zu begegnen; der Himmel war leer gefegt durch den Wind, die Sonne ging unter in brennendem Rot. Ich schaute auf die aufgewühlten Wellen. Ich sehnte mich danach, von ihnen weggetragen zu werden, weg von Sorge und Elend. In diesem Moment brachte mir ein Diener die Antwort meines Ehemanns an den Strand - sie enthielt eine Ablehnung. Ich traute mich nicht, sie meinem Vater mitzuteilen. Der drohende Bankrott, das Wissen, dass er so vielen Leuten falsche Hoffnungen eingeflößt hatte, die Furcht vor Schande; all das machte meinen Vater immer roher und vollkommen bösartig. Das Leben flackerte nur noch in der Gestalt meiner lieben Mutter. Sie schien ihren Geist aufzugeben, wenn sie den Schritt meines Vaters hörte. Wenn er mit einer entspannten Miene hereinkam, kräuselten sich ihre fahlen Lippen zu dem ihr eigenen süßen Lächeln, und ein leichtes Rosa tönte ihre eingefallenen Wangen. Wenn er ein böses Gesicht machte und seine Stimme schrill war, zitterte ihr jedes Glied. Sie drehte ihr Gesicht zum Kissen, während krampfhaftes Schluchzen ihren Gestalt schüttelte, als wäre sie von sofortiger Auflösung bedroht. Mein Vater suchte mich eines Tages allein auf, als ich in Melancholie gehüllt am Strand entlang ging. Er schwor, dass er seine Schande nicht überleben würde.

„Und denkst du, Fanny", fügte er hinzu, „dass deine Mutter das Wissen um mein unglückliches Ende überleben würde?"

Ich sah die verzweifelte Entschlossenheit in seinem Gesicht, während er sprach. Ich fragte nach der benötigten Summe und nach dem Zeitpunkt, zu dem sie fällig war. Eintausend Pfund in zwei Tagen, das war alles, was er verlangte. Ich brach nach London auf, um meinen Ehemann anzuflehen, ihm diese Summe zu geben.

Nein, nein! Ich kann mein Elend nicht Schritt für Schritt berichten! Das Geld wurde gegeben. Ich erzwang es von Lord Reginald, obwohl ich sah, wie sich mir sein Herz verschloss, während er den Scheck ausschrieb. Schlimmes war geschehen, seit ich ihn verlassen hatte. Susan hatte die zwanzig Pfund, die ich ihr gab, benutzt, um die Stadt zu erreichen, sich meinem Ehemann zu Füßen zu werfen und sein Mitleid zu erflehen. Völlig toll durch die Vorstellung, einen Lord zum Schwager zu haben, hatte Cooper sich in eine Serie unglaublicher und lasterhafter Extravaganzen gestürzt. Er war mit vielen tausend Pfund verschuldet, und als Lord Reginald ihm schließlich schrieb, dass er alle weitere Unterstützung verweigerte, beging dieser erbärmliche Mann

Fälschungen. Zweihundert Pfund verhinderten seine Bloßstellung und bewahrten ihn vor einem schändlichen Ende. Fünfhundert mehr wurden von Lord Reginald vorgestreckt, um ihn und seine Frau nach Amerika zu schicken, damit sie sich dort ansiedelten, weit weg von jeder Versuchung. Ich trennte mich schweren Herzens von meinem lieben Schwester - ich liebte sie sehr. Sie hatte keinen Anteil an der Schuld ihres Ehemannes. Dennoch hatte sie sich ihm angeschlossen, ihr Kind band sie aneinander. Sie gingen in ein einsames, elendes Exil.

„Ach! Wären wir in rechtschaffener Armut geblieben", weinte meine Schwester mit gebrochenem Herzen, „ich wäre nicht gezwungen, meine sterbende Mutter zu verlassen."

Die tausend Pfund, die mein Vater erhalten hatte, waren nur ein Tropfen Wasser im Ozean. Wieder wurde an mich appelliert; wieder glaubte ich, dass der dünne Faden, an dem das Leben meiner Mutter hing, reißen würde, wenn ich nicht Lord Reginalds Unterstützung bekam. Wieder erflehte ich zitternd und elend die Barmherzigkeit meines Ehemanns.

„Ich bin es zufrieden", sagte er, „zu tun was Du erbittest, sogar mehr zu tun, als du erbittest; aber bedenke den Preis den du zahlen musst – entweder gibst du deine Eltern und deine Familie auf, deren Habgier und Verbrechen keine Gnade verdienen, oder wir trennen uns für immer. Du wirst ein eigenes Einkommen erhalten; du kannst deine ganze Familie davon unterhalten, wenn es dir gefällt; aber ihre Namen dürfen mir gegenüber nie wieder erwähnt werden. Wähle zwischen uns – entweder du siehst sie nie mehr, oder wir trennen uns für immer."

Tat ich das Richtige; ich kann es nicht sagen. Elend ist das Ergebnis; schreckliches endloses Elend, ohne Erlösung. Meine Mutter war mir das Liebste auf der ganze Welt. Ich gab keine Antwort - ich stürzte in mein Zimmer, und in dieser Nacht, in einem Taumel des Leids und des Grauens, machte ich mich auf den Weg nach Margate – das war meine Antwort an meinen Ehemann.

Drei Jahre sind seit damals vergangen; und während dieser ganzen Zeit war ich dem Himmel dankbar, mir zu erlauben, meine Pflicht gegenüber meiner Mutter tun; und obwohl ich über die Entfremdung von meinem Ehemanns weinte, bereute ich nichts. Aber sie, meine engelhafte Stütze, ist nicht mehr. Mein Vater überlebte meine Mutter noch um zwei Monate. Die Reue für alles, was er getan und ich deswegen erlitten hatte, verkürzte sein Leben. Die Familie seiner ersten Frau ist rings um mich versammelt; sie setzen mir zu, berauben mich, zerstören mich. Letzte Woche schrieb ich Lord Reginald. Ich teilte ihm den Tod meiner Eltern mit. Ich stellte dar, dass sich meine Situation geändert habe; und wenn er sich noch für seine unglückliche Frau interessiere, könnte alles gut werden. Gestern kam seine Antwort. Es wäre zu spät, sagte er; ich hätte selbst die Bande in Stücke gerissen, die uns fesselten - sie könnten nie wieder zusammenwachsen.

Mit der gleichen Post kam ein Brief von Susan. Sie ist glücklich. Cooper, in dem ein männlicher Sinn für die Pflichten des Lebens geweckt wurde, ist gänzlich verwandelt. Er ist fleißig und wohlhabend. Susan bittet mich, sie zu besuchen. Ich habe beschlossen, zu gehen. Oh! Mein Heim und die Erinnerungen meiner Jugend, vergiftet durch der Schlange Stachel, wo seit Ihr jetzt?

Ich sehne mich danach, meine Augen auf jeder Szene ruhen zu lassen, die ich jemals gesehen habe. Lasst mich ein fremdes Land suchen, ein Land, in dem sich bald ein Grab für mich öffnen mag. Ich wünsche zu sterben. Mir wurde erzählt, dass Lord Reginald eine andere liebt, ein hochgeborenes Mädchen; dass er öffentlich unsere Verbindung als das Hindernis zu seinem Glück verflucht. Die Erinnerung daran vergiftet das Vergessen, das ich zu suchen gehe. Er ist bald frei. Die Hand, die er einmal so verliebt in seine nahm und die er sich zu eigen machte und die jetzt, weggeworfen, vor Elend zittert, wenn sie diese Zeilen verfasst, wird bald vermodern im letzten Verfall.

Die Pilger

Das Zwielicht eines jener brennenden Sommertage, dessen wolkenloser Himmel zum Menschen von glücklicheren Reichen zu sprechen scheint, hatte seine breiten Schatten schon über das Tal von Unspunnen[16] gelegt; während die schwindenden Strahlen eines prächtigen Sonnenuntergangs weiterhin auf den Gipfeln der umliegenden Hügeln glitzerten. Allmählich jedoch vertieften sich die glühenden Tönungen; wurden dann dunkler und dunkler, bis sie den ruhigen mehr nüchternen Farbtönen der Nacht schließlich nachgaben.

Auf einer Allee von Limonenbäumen, die in ihrer Größe und Pracht fast aus der gleichen Zeit zu sein schienen, wie die Erde, in der sie wuchsen, lief Burkhardt von Unspunnen mit unbehaglichem Schritt hin und her, als ob eine neue Trauer seinen unruhigen Verstand einnahm. Zu manchen Zeiten stand er, seine Augen unverwandt auf die Erde gerichtet, als ob er erwartete, dass er sah, wie der Gegenstand seines Nachdenkens aus seinem Busen heraussprang; zu

---

[16] Burg Unspunnen, erstmalig erwähnt 1332, verfallen seit 1533, nahe Wilterswil im Kanton Bern. Im 12. Jh. regierte dort Burkhard von Unspunnen, später die Herren von Wädiswil.

anderen Zeiten erhob er seine Augen zu den Gipfeln der Bäume, deren Zweige, jetzt sanft von der Nachtbrise erregt, Seufzer von Mitleid in Erinnerung an jene glücklichen Stunden zu flüstern schienen, die einmal unter ihrem willkommenen Schatten verbracht worden waren. Wenn er jedoch unter ihnen ankam, erblickte er den tiefen blauen Himmel mit der hellen Masse der Sterne. Hoffnung sprang in ihm auf bei dem Gedanken an die Herrlichkeit, von welcher jener Himmel und jene Sterne, ganz lieblich und wunderschön wie sie scheinen, nur schwache Herolde sind; und für eine Zeit verschwand der Kummer, der so lang schwer auf seinem Herzen gelegen hatte.

Aus diesen Überlegungen, welche ihn wegen der Intensität seiner Gefühle sozusagen ausschlossen von der belebten Welt und ihren vielen Pfaden, wurde er plötzlich herausgerissen durch die Laute einer männlichen Stimme, die ihn ansprach.

Burkhardt erblickte näherkommend im Licht des Monds zweier Pilger stehen, gekleidet in das übliche grobe und triste Gewand mit ihren breiten, über ihren Stirnen gezogenen Hüten.

„Gelobt sei Gott!" sagte der Pilger, der gerade zuvor Burkhardts Aufmerksamkeit erweckt hatte, und der von seiner Größe und Art her der ältere der beiden zu sein schien. Seine Worte wurden von einer Stimme wiedergegeben, dessen sanfter und unvollkommener Tonfall zeigten, dass der Sprecher noch aber von zarten Jahren war.

„Wohin gehen Sie, Freunde? Was suchen Sie hier zu dieser späten Stunde?" sagte Burkhardt. „Wenn Sie sich nach Ihrer Reise ausruhen möchten, treten Sie ein und mit Gottes Segen und meinem herzlichen Willkommen erholen Sie sich."

„Edler Herr, Sie sind unserem Ersuchen zuvorgekommen", antwortete der ältere Pilger, „unsere Pflicht hat uns weit aus unserem Heimatland geführt und wir müssen auf einer Wallfahrt das Gelübde eines teuren Elternteils erfüllen. Wir waren gezwungen, während der Hitze des Tages die steilen Bergpfade zu besteigen; und die Kräfte meines Bruders, dessen Jugend aber nicht dessen Schwäche angemessen für solche Erschöpfungen sind, begannen nachzulassen, als der Anblick der Türme Ihres Schlosses, die wir durch die klaren Strahlen des Mondes entdeckten, unsere Hoffnung wieder aufleben ließ. Wir beschlossen, eine Übernachtung unter Ihrem gastfreundlichen Dach zu erbitten, da es sein könnte, dass wir in der Lage sind, morgen bei Tagesanbruch unseren müden Weg fortzusetzen."

„Folgt mir, meine Freunde", sagte Burkhardt, als er mit beschleunigtem Schritt ihnen voranging, damit er einigen Anordnungen für ihren Unterhalt geben konnte. Die Pilger freuten sich über einen so freundlichen Empfang und folgten dem Ritter in Stille in einen hohen gewölbten Saal; über den die Kerzen, die in Armleuchtern an den Wänden standen, ein feierliches, aber ansprechendes Licht warfen, das gut den gegenwärtigen Gefühlen der Beteiligten entsprach.

Der Ritter nahm dann zwei Gesichter von großer Schönheit wahr, deren ansprechender Eindruck beträchtlich von der bescheidenen, dennoch leichten Art erhöht wurde, mit der das jugendliche Paar die freundlichen Aufmerksamkeiten ihres Gastgebers empfing. Sehr bewegt von ihrer Erscheinung und ihrem

Benehmen, wurde Burkhardt unwillkürlich in den Gang von Gedanken zurückgeführt, aus denen ihre Ankunft ihn geweckt hatte; und die Szenen von früheren Tagen huschten vor ihm vorbei, als er sich erinnerte, dass in dieser Halle sein teures Kind ihn immer mit ihrem willkommenheißenden Lächeln bei seiner Rückkehr vom Kampf oder der Jagd zu begrüßen pflegte; kurze Szenen des Glücks, welche von Ereignissen abgelöst worden waren, die sein Herz zerfressen hatten und die Erinnerung nur zu einem Werkzeug der Bitterkeit und Züchtigung machte.

Das Abendessen wurde bald danach serviert, und die Pilger wurden mit dem größter Aufmerksamkeit versorgt, doch das Gespräch verkümmerte gänzlich; denn seine melancholischen Überlegungen schienen Burkhardt einzunehmen und Achtung, oder vielleicht ein freundlicheres Gefühl gegenüber ihrem Gastgeber und Wohltäter schien die Lippen seiner jugendlichen Gäste versiegelt zu haben. Nach dem Abendessen jedoch belebte eine Flasche vom alten Wein des Barons seine erlahmten Geister; und ermutigte den älteren Pilger dazu, den Zauber zu durchbrechen, der sie gefesselt hatte.

„Verzeihen Sie mir, edler Herr", sagte er, „denn es mag aufdringlich von mir erscheinen, sich anzumaßen, die Ursache für diese Trauer zu suchen, die Sie so schwer bedrückt und Sie so traurig macht, ein Zuschauer nur der Fülle und des Glücks, die Sie großzügig anderen erweisen. Glauben Sie mir, es ist nicht der Impuls von einer bloßen müßigen Neugier, die mich dazu bringt, meine Verwunderung auszudrücken, dass Sie auf diese Art allein in diesem geräumigen und stattlichen Haus verweilen können, die Beute einer so tief verwurzelten Trauer. Was in unserer Macht steht, sogar im leichtesten Maße, die Sorgen von jemanden zu lindern, der mit solch großzügiger Hand die Not seiner ärmeren Brüder lindern!"

„Ich danke Ihnen für Ihr Mitgefühl, guter Pilger", sagte der alte Edelmann, „aber was kann es Ihnen nützen, die Geschichte von jenem Kummer zu kennen, der mir diese Erde zu einer Wüste gemacht hat? Und welcher mich mit raschem Schritt dorthin führt, wo ich allein Ruhe zu finden erwarten kann. Ersparen Sie mir den Schmerz, sich an Szenen zu erinnern, die ich gern in Vergessenheit vergraben würde. Bisher sind Sie im Frühjahr des Lebens, wo keine traurigen Erinnerungen ein disharmonisches Echo von letzten Torheiten oder von unersetzbar verloren gegangenen Freuden wecken. Suchen Sie nicht den Sonnenschein Ihrer, ich hoffe, unberührten Jugend zu verdunkeln, mit einem Wissen über jene wilden, schuldigen Wesen, die, den teuflischen Einflüsterungen ihrer Leidenschaften lauschend, vom Pfad der Rechtschaffenheit abgekommen sind; und Verbindungen auseinander rissen, die die Natur, durch die heiligsten Bande, in ihren Seelen selbst zu vereinen schien."

Burkhardt versuchte so, den inständigen Bitten des Pilgers auszuweichen. Aber das Ansinnen wurde immer noch mit solch ernsthafter, doch feinfühliger Überzeugung betrieben, und der volle Tonfall der Stimme des Fremden weckten in ihm so viele Gedanken an lange, lange vergangene Tage, das der Ritter sich selbst fast unwiderstehlich genötigt fühlte, sein lange verschlossenes Herz jemanden gegenüber zu öffnen, der seine Gefühle mit einer aufrichtigen Herzlichkeit zu teilen schien.

„Ihr argloses Mitgefühl hat mein Vertrauen gewonnen, meine jungen Freunde", sagte er, „und Sie sollen die Ursache für diese Trauer hören, die an meinem Herzen nagt.

Sie sehen mich jetzt in der Tat hier, einsam und verlassen, gleich einem von der Gewalt des Sturms geschüttelten Baum. Aber Fortuna schaute einmal auf mich mit ihrem verbindlichsten Lächeln; und ich fühlte mich reich im Bewusstsein meines Wohlstands und den Geschenken, die der großzügige Himmel mir erwiesen hatte. Meine mächtigen Vasallen machten mir zum Schrecken jener Feinde, welche den Schutz, den ich immer bereit war, den Unterdrückten und Hilflosen zu leisten, gegen mich gebrauchten. Mein reicher und fruchtbarer Besitz versorgte nicht nur meine Familie mit verschwenderischer Fülle, sondern ermöglichte es mir, mit großzügiger Hand die Not der Armen zu lindern; und die Rechte der Gastfreundschaft auf eine Art zu üben, die meinem Stand und meinem Namen gerecht wurde. Aber von all den Geschenken mit welchen der Himmel mich überschüttet hatte, war das, was ich am höchsten schätzte, eine Ehefrau, deren Tugenden sie zum Idol gemacht hatten sowohl der Reichen als auch der Armen. Aber sie, die schon auf Erden ein Engel war und für diese grobe Welt ungeeignet, wurde allzu bald Ach! von ihren verwandten Geistern beansprucht. Ein kurzes Jahr allein hatte unser Glück erblickt.

Mein Kummer und meine Qual waren höchst bitter; und hätten mich bald in dasselbe Grab gelegt zu ihr, aber sie hatte mir eine Tochter hinterlassen, um deretwillen ich aufrichtig gegen meine Trübsal kämpfte. In ihr konzentrierten sich jetzt all meine Sorgen, all meine Hoffnungen, all mein Glück. Wie sie mit den Jahren heranwuchs, so nahm ihre Ähnlichkeit mit ihrer seligen Mutter zu; und jeder Blick und jede Geste erinnerten mich an meine Agnes. Mit der Schönheit ihrer Mutter, hatte ich mit sehnsüchtiger Vermessenheit zu hoffen gewagt, würde Ida auch die Tugenden ihrer Mutter erben.

Sehr fühlte ich die traurige Leere, die mein unersetzlicher Verlust in mir hinterlassen hatte; aber der bloße Gedanke daran, wieder zu heiraten, wäre mir wie eine Entweihung der Erinnerung an meine Agnes erschienen. Wenn ich jedoch nur für einen einzigen Augenblick diese Disposition erwogen hätte, ein Blick auf ihr Kind hätte sie unterdrückt; und mich dazu gebracht, mit ruhiger sehnsüchtiger Hoffnung an ihr festzuhalten, im herzlichen Vertrauen, dass sie mich für jedes Opfer belohnen würde, das ich bringen würde. Ach! Meine Freunde, diese Hoffnung war auf einer unsicheren Grundlage gebaut! Und mein Herz wird sogar jetzt gequält, wenn ich an jene trügerischen Träume denke.

Ida zerstreute mit den herzlichsten Zärtlichkeiten jede Sorge von meiner Stirn; in Krankheit und Gesundheit achtete sie auf mich mit der zartesten Besorgtheit; ihr ganzes Bestreben schien zu sein, meinen Wünschen zu entsprechen. Aber, ach! Gleich der Schlange, welche nur bezaubert, um zu zerstören, überhäufte sie mich mit diesen Zärtlichkeiten und Aufmerksamkeiten, um mich zu blenden und mich in einer tödliche Sicherheit zu wiegen.

Häufig und tief waren die Beleidigungen, zwar gerächt, aber nicht vergessen, die seit langem (mit Scham erkläre ich es) ein tödlicher Hass zwischen mir und Rupert, Herr von Wädischwyl, entstehen ließen, die der leichteste Anlass bis zum Wahnsinn zu steigern schien. Als er nicht mehr wagte, den Fehdehandschuh hinzuwerfen, da ich aus dem Einzelkampf immer als der Sieger hervorgegangen war, fand er Mittel, härter als Stahl oder Eisen, mich mit seiner Rache zu überhäufen.

Herzog Berchtold von Zähringen, einer jener reichen und mächtigen Tyrannen, die die eigentlichen Plagen dieser Gesellschaft sind, deren Rechte sie zu den bereitstehenden Wächtern machen sollten, war plötzlich über die friedlichen Einwohner der Berge hereingebrochen, hatte ihre Herden ergriffen und ihre Ehefrauen und Töchter beleidigt. Obwohl sie großen Mut besaßen, waren sie doch nicht sehr im Krieg geübt, so dass es diese unglücklichen Menschen unmöglich fanden, dem Tyrannen zu widerstehen. Sie eilten zu mir, meinen sofortigen Beistand zu ersuchen. Ohne einen Moment zu zögern, rief ich meine tapferen Vasallen zusammen und marschierte gegen den Plünderer. Nach einem langen und schweren Kampf segnete Gott unsere Sache; und unser Sieg war vollständig.

Am Morgen, als ich im Begriff war, zu meiner Rückkehr auf mein Schloss aufzubrechen, verkündete mir einer meiner Gefolgsleute, dass der Herzog in mein Lager gekommen war und ein sofortiges Gespräch mit mir wünschte. Ich ging sofort hinaus, um ihn zu treffen; und Berchtold eilte zu mir, bot mir mit einem Lächeln seine Hand als Zeichen der Versöhnung an. Ich akzeptierte sie offen; nicht ahnend, dass Unwahrheit unter einem so offenen und freundlichen Antlitz lauern konnte.

‚Mein Freund', sagte er, ‚denn einen solch muss ich Sie nennen; Ihre Tapferkeit bei diesem Kampf hat meine Wertschätzung gewonnen, obwohl ich Sie sofort davon überzeugen könnte, dass ich guten Grund für den Streit mit den unverschämten Bergbewohnern hatte. Aber trotz Ihres Sieges in diesem ungerechten Konflikt, in den einzutreten Sie zweifellos durch die Verfälschungen jener Verbrecher gebracht wurden, und da meine Natur es verabscheut, Meinungsverschiedenheiten zu verlängern, würde ich bereitwillig aufhören zu denken, dass wir Feinde sind; und eine Freundschaft beginnen, die, für meinen Teil wenigstens, nicht zerbrochen werden wird. Als Zeichen dafür, das Sie keinem Kriegskameraden misstrauen, kehren Sie mit mir zu meinem Schloss zurück, damit wir alle Erinnerung an unsere letzte Uneinigkeit ertränken können.'

Für längere Zeit widerstand ich seiner Aufdringlichkeit, denn ich war jetzt mehr als ein Jahr von meinem Heim abwesend gewesen, und war doppelt ungeduldig zurückzukehren, da ich mir gerne vorstellte, dass meine Verspätung meiner Tochter große Sorge bereiten würde. Aber der Herzog, mit solch scheinbarer Liebenswürdigkeit und in solch einer höflichen Art, erneuerte und drängte auf sein Ansuchen, dass ich nicht mehr widerstehen konnte.

Seine Hoheit unterhielt mich mit der größten Gastfreundschaft und unablässiger Aufmerksamkeit. Aber ich verstand bald, dass ein *aufrechter* Mann mehr in seinem Element inmitten der Mühen der Schlacht ist, als zwischen den Schmeicheleien eines Hofes; wo die

Lippen und die Gesten Willkommen heißen, aber wo das Herz, für das die Zunge nie der Vorbote ist, von den unaufhörlichen Konflikten von Eifersucht und Neid zerfressen wird. Ich sah bald auch, dass meine groben und unverhohlenen Manieren Anlass für große Heiterkeit bei den parfümierten und duftenden Niemanden waren, die sich in den Hallen des Herzogs drängten. Ich erstickte jedoch meinen Groll, wenn ich daran dachte, dass diese Kreaturen nur von seiner Gunst lebten; gleich jenen Schwärmen von Insekten, die vom Misthaufen Existenz erlangen durch die Strahlen der Sonne.

Ich war der widerwillige Gast des Herzogs während einige Tage, als die Ankunft eines Fremden von Rang mit viel Zeremoniell angekündigt wurde. Dieser Fremde war, wie ich herausfand, mein erbittertester Feind, Rupert von Wädischwyl. Der Herzog empfing ihn mit der größtmöglichen Höflichkeit und Aufmerksamkeit; und mehr als einmal meinte ich zu erkennen, dass meinem Feind absichtlich der Vorrang vor mir gegeben wurde. Meine offene, dennoch überhebliche Natur konnte dieses System der Herabsetzung schlecht dulden; und es schien mir außerdem, dass ich nur den Heuchler spielen würde, wenn ich denselben Becher mit dem Mann teilte, gegen den ich einen tödlichen Hass unterhielt.

Ich beschloss deshalb abzureisen und suchte Seine Hoheit auf, um ihm ein Lebewohl zu entbieten. Er schien über meinen Entschluss sehr niedergeschlagen zu sein, und drängte mich aufrichtig, die Ursache für meine plötzliche Abreise zu bekennen. Ich gestand offen, dass die ungebührliche Gunst, von der ich dachte, dass er sie meinem Rivalen erweise, die Ursache war.

‚Ich bin verletzt, tief verletzt', sagte der Herzog, während er ein Gehabe von großer Trauer vortäuschte, ‚das mein Freund, und der tapfere Unspunnen ist dieser Freund, so ungerecht, ich wage hinzuzufügen, so gemein von mir denkt. Nein, ich habe Sie nicht einmal in Gedanken ungerecht behandelt; und, um meine Aufrichtigkeit und meine Achtung vor Ihrem Wohl zu beweisen, wisset, dass es kein Zufall war, der Ihren Widersacher an meinen Hof führte. Er kam in Folge meines eifrigen Wunsches, zwei Männer zu versöhnen, die ich so sehr achte; und dessen Wert und Vorzüglichkeit sie unter die hellsten Zierden unseres bevorzugten Land stellen. Lassen Sie mich deshalb', sagte er, meine Hand und die Hand von Rupert nehmend, der während unseres Gesprächs eingetreten war, ‚lassen mich die beneidenswerte Befriedigung haben, zwei solche Männer zu versöhnen und Ihre alte Zwietracht zu beenden. Sie können eine dem heiligen Glauben, zu dem wir uns alle bekennen, so genehme Bitte nicht ablehnen. Dulden Sie deshalb, dass ich der Geistliche des Friedens bin; und als Zeichen und Bestätigung eine Tat vorschlage, die den Segen des Himmels auf uns alle herabzieht; dass Sie unserer heiligen Kirche erlauben, Ihre weitgerühmte schöne Tochter mit Lord Ruperts einzigem Sohn zu vereinigen, dessen Tugenden, wenn die Berichte wahres sprechen, ihn zu keinem unwürdigen Gegenstand ihrer Liebe machen.'

Eine Wut, die augenblicklich mein Blut zu Feuer zu machen schien, und die meine Worte fast erdrosselte, ergriff mich.

‚Was!' rief ich aus. ‚Was, denken Sie, ich würde mein wertvollstes Juwel so opfern, *so* wegwerfen! So meine geliebte Ida herabsetzen? Nein, bei ihrer seligen Mutter schwöre ich, ehe ich sie mit seinem Sohn verheiratet sehe, würde ich sie ins Kloster schicken. Nein, ich würde sie lieber tot zu meinen Füßen sehen, als dulden, dass ihre Reinheit von solcher Beschmutzung besudelt wird!'

‚Nur wegen die Gegenwart Seiner Hoheit', schrie Rupert zornig, ‚wird diese Beleidigung nicht sofort mit Ihr Leben beantwortet! Nichts desto weniger, ich werde Sie gut im Auge behalten, mein Herr; und wenn Sie meiner Rache entkommen, sind Sie mehr als ein Mensch.'

‚Wirklich, wirklich, mein Herr von Unspunnen', sagte der Herzog, ‚Sie sind viel zu voreilig. Ihre Leidenschaft hat Ihren Verstand bewölkt; und, glauben Sie mir, Sie werden es erleben, dass Sie es bereuen, meinen freundlichen Vorschlag so höhnisch abgelehnt zu haben.'

‚Sie mögen mich voreilig verurteilen, mein nobler Herzog, und mich vielleicht für ein wenig zu kühn halten, weil ich an den Höfen von Prinzen die Wahrheit zu sagen wage. Aber, da ich meine Zunge nicht dazu zwingen kann, das auszusprechen, was mein Herz nicht diktiert, und meine einfache, aber aufrichtige Art Ihnen zu missfallen scheint, ziehe ich mich mit der Erlaubnis Eurer Hoheit auf meine eigene Domäne zurück, von der ich allzu lange abwesend gewesen bin.'

‚Mein Herr, Sie haben zweifellos meine Erlaubnis',
sagte der Herzog überheblich; und zur selben Zeit
wandte er sich kalt von mir ab.

Mein Pferd wurde gebracht, ich bestieg es mit soviel
Beherrschung, wie ich aufbringen konnte; und ich
atmete freier, als ich das Schloss weit hinter mir ließ.

Während des zweiten Tages der Reise kam ich in
Sichtweite meiner heimischen Berge; und ich fühlte
mich doppelt gestärkt, da ihre reinen Brisen zu mir
geweht wurden. Immer noch ließ die herzliche Sorge
eines Vaters um sein teures Kind, und dieses Kind war
sein einziger Schatz, den Weg doppelt so lang
erscheinen. Aber, als ich mich der Biegung der Straße
näherte, die direkt vor meinem Schloss lag, fast
wünschte ich dann, dass der Weg sich verlängerte; denn
meine Freude, meine Hoffnungen und meine
Befürchtungen bedrängten mich, erstickten mich fast.
‚Einige wenige kurze Minuten nur', dachte ich, ‚und
dann wird die Wahrheit, schlecht oder gut, mir bekannt
sein.'

Als ich meinen Wohnsitz vollständig erblickte, schien
alles in Frieden; keine Veränderung zeigte sich, seit ich
ihn verlassen hatte. Ich spornte mein Pferd an, um zum
Tor zu kommen; aber als ich ankam, überraschte mich
die vollkommene Stille und Verlassenheit überall. Nicht
ein Bediensteter, nicht ein Bauer war in den Höfen zu
sehen; es schien, als ob die Einwohner des Schlosses
immer noch schliefen.

‚Gnädige Himmel!', dachte ich, ‚was kann diese Stille
bedeuten! Ist sie, ist mein teures Kind tot?'

Ich brachte nicht den Mut auf, die Klingel zu ziehen.
Dreimal versuchte ich es, doch dreimal hinderte mich die

Furcht, die schreckliche Wahrheit zu erfahren. Ein Moment, ein Wort, ein Zeichen sogar, und ich könnte ein verzweifelter, kinderloser, unglücklicher Mann für immer sein! Niemand außer einem Vater kann die Qual jener Momente empfinden oder vollständig mitfühlen! Niemand außer einem Vater kann sie jemals passend beschreiben! Meine Existenz schien sogar vom Atem des ersten Vorübergehenden abzuhängen; und mein Auge schreckte vor der Beobachtung zurück, damit er mir nicht begegnen sollte.

Ich wurde aus diesem inaktiven Zustand von meinem getreuen Hund geweckt, der zu mir sprang, um meine Rückkehr mit seinen ausgelassenen Zärtlichkeiten und tiefen und laut tönenden Ausdrücken seiner Freude zu begrüßen. Dann, angezogen vom Lärm, kam der alte Pförtner zum Tor, das er sofort öffnete; aber als er zu mir eilte, erkannte ich gleich, dass eine plötzliche und schmerzhafte Erinnerung seinen Eifer überprüfte. Ich sprang schnell von meinem Pferd und betrat die Halle. All die anderen Bediensteten kamen nun heran; ausgenommen mein treuer Haushofmeister Wilfred; er, der immer der an vorderster Stelle gewesen war, um seinen Meister zu grüßen.

‚Wo ist meine Tochter? Wo ist Eure Herrin?' rief ich eifrig aus; ‚lasst mich nur wissen, das sie lebt. Doch halt, halt; einen Moment, einen kurzen Moment, ehe Ihr mir sagt, dass ich verloren bin für immer!'

Der treue Wilfred, der die Halle jetzt betreten hatte, warf sich zu meinen Füßen; und mit Tränen, die seine gefurchten Wangen hinunterrollten, drückte er meine Hand aufrichtig, und informierte mich zögernd, dass meine Tochter *lebte*; dass sie wohlauf war, wie er glaubte, aber - das Schloss verlassen hatte.

‚Sprich jetzt schneller, alter Mann', sagte ich, ihn hastig und leidenschaftlich unterbrechend. ‚Was meinst Du? Meine Tochter lebt; es geht meiner Ida gut, aber sie ist *nicht hier*. Nun, haben Du und meine Vasallen sich als Memmen erwiesen und geduldet, dass mein Schloss in meiner Abwesenheit seines größten Schatzes beraubt wurde? Sprich! Sprich offen, ich befehle es Dir!'

‚Es ist mit einer Qual, so groß wie fast wie Ihre eigene sein mag, mein teurer Meister, dass ich Ihnen die traurige Wahrheit bekannt gebe, dass Ihre Tochter das Dach ihres Vaters verlassen hat, um die Frau von Conrad, dem Sohn des Herrn von Wädischwyl zu werden.'

Die Frau von Herrn Ruperts Sohn! Meine Ida die Frau des Sohnes von ihm, dessen bloßen Name meine Seele verabscheute!'

Mein Zorn kannte jetzt keine Grenzen; die Qualen der Hölle schienen den Strom meines Blutes geändert zu haben. Im Wahnsinn meiner Leidenschaft verfluchte ich sogar meine eigene liebe Tochter! Ja, Pilger, ich verfluchte sogar sie, die ich so herzlich abgöttisch geliebt hatte; um ihretwillen hatte das Leben für mich allein Zauber. Oh! Wie oft seitdem habe ich versucht, diesen Fluch zurückzunehmen! Und diese bitteren Tränen, die ich sogar jetzt nicht zurückhalten kann, zeugen davon, wie tief meine Reue über diese schreckliche und unnatürliche Tat war!

Schrecklich waren die Verwünschungen, die ich auf meinem Feind häufte. Und tief war die Rache, die ich schwor. Ich weiß nicht, zu welchen Fürchterlichkeiten meine ungezügelte Leidenschaft mich schließlich bewegt hätte, wäre ich nicht, von ihrem Übermaß übermannt, besinnungslos in die Arme meiner Bediensteten gesunken. Als ich mich erholte, fand ich mich in meiner eigenen Kammer, und Wilfred saß nahe bei mir. Einige Zeit verging jedoch, bevor ich zu einer klaren Erinnerung an die letzten Ereignisse kam; und, als ich es tat, schien es, als ob ein Zeitalter von Verbrechen und Elend mich niedergedrückt und meine Zunge gefesselt hätte. Mein Auge wanderte unwillkürlich zu dem Teil der Kammer, wo das Portrait meiner Tochter hing. Aber dies hatte der treue alte Mann - der es nicht entfernt hatte, da er ohne Zweifel dachte, das mich das gekränkt hätte - geschafft zu verstecken, indem er ein Stück einer Rüstung so davor stellte, das schien, als ob es zufällig in diese Position gefallen wäre.

Noch viele Tage mehr vergingen, ehe es mir möglich war, die Einzelheiten über die Flucht meiner Tochter anzuhören; welche ich, um Sie nicht länger mit meinem Kummer aufzuhalten, jetzt kurz berichte.

Es schien, das, gedrängt durch den Ruhm ihrer Schönheit und durch eine höchst natürliche Neugier, die ich der Jugend zugestehe, Conrad von Wädischwyl lange, aber vergeblich versucht hatte, meine Ida zu sehen. Schließlich jedoch bevorzugte ihn der Zufall. Auf ihrem Weg, die Messe in unserem benachbarten Kloster zu hören, erblickte er sie; und da er sie erblickte, verliebte er sich in sie. Ihr heiliger Botengang hinderte ihn nicht daran, sie anzusprechen; und nur zu gut wusste der schmeichlerische Verbrecher, wie das Ohr eines Mädchens, so unschuldig, so harmlos wie meine Ida, zu gewinnen ist! Zu bald, ach, fanden seine verwünschten Schmeicheleien ihren Weg zu ihrem schuldlosen Herzen.

Die Zuneigung meines Kindes zu seinem Vater war unendlich; und es hätte sein Leben bereitwillig für meines geopfert. Aber, wenn Liebe einmal Besitz vom weiblichen Herzen genommen hat, vertreibt sie zu schnell von dort jene strengeren Gäste, Verstand und Pflicht. Es genügt deshalb zu sagen, dass sie gewonnen wurde; und dazu gebracht, sich vor meiner Rückkehr mit Wädischwyl zu vereinigen, durch sein listiges und heimtückisches Argument, dass ich leichter dazu überredet werden würde, ihnen meine Verzeihung und meine Segnung zu geben, wenn ich fand, das der Schritt, den sie gemacht hatte, unwiderruflich war. Mit fast gleicher Kunst behauptete er auch, dass ihre Vereinigung den Bruch zwischen den Familien der Wädischwyl und Unspunnen zweifellos heilen würde; und so diesen tödlichen Hass beenden, den meine sanfte Ida, immer die Fürsprecherin des Friedens, immer verdammt hatte. Durch diese trügerische Sophisterei wurde mein armes törichtes Kind dazu bewegt, sich vom Herzen eines liebenden Elternteils zu reißen, um sich mit einem skrupellosen Betrüger, dem Sohn des bittersten Feindes dieses Elternteils zu vereinigen."

Der Schmerz dieser Erinnerungen übermannte Burkhardt, so das einige Zeit verging, ehe er seine Gefühle beherrschen konnte. Schließlich fuhr er fort:

„Meine Seele schien jetzt nur ein Gefühl zu haben, *Rache*. Alle anderen Leidenschaften wurden von diesem einen Meister vernichtet; und ich bereitete mich und meine Vasallen sofort vor, diesen Wüstling als Räuber zu züchtigen. Aber solche Befriedigung wurde mir verwehrt (ich danke jetzt Gott dafür); denn der Herzog von Zähringen gab mir bald unvergesslichen Grund, sich an seine Abschiedsworte zu erinnern. Nachdem er sich mit seinen zahlreichen Anhängern der Partei meines Rivalen angeschlossen hatten, drangen diese mächtigen Anführer plötzlich in meine Domäne ein. Ein schwerer Kampf gegen die höchst ungleiche Anzahl folgte. Aber, obwohl meine tapferen Gefolgsmänner den hoffnungslosen Kampf gern fortgesetzt hätten, beschloss ich, das unnötige Blutvergießen zu beenden und überließ meinen Feinden schließlich das Feld; und mit dem Rest meiner treuen Soldaten eilte ich in tiefer Demütigung, mich innerhalb dieser Mauern zu begraben. Dieser ärgerliche Rückschlag verhinderte alle Möglichkeit der Versöhnung mit meiner Tochter, die ich jetzt für die Ursache meiner Schande hielt. Ich verbot folglich sogar, dass ihr Name in meiner Gegenwart erwähnt wurde.

Jahre vergingen. Ich hatte keine Nachricht von ihr, bis ich durch einen bloßen Zufall erfuhr, dass sie ihr Heimatland mit ihrem Mann verlassen hatte. Insgesamt mehr als zwanzig, für mich lange, lange Jahre, sind jetzt seit ihrer Flucht vergangen; und obwohl ich, als die Zeit Reue brachte, und mein Ärger und mein Rachedurst besseren Gefühle wichen, jede Anstrengung unternahm, Kunde von meinem armen Kind zu gewinnen, bin ich noch nicht in der Lage gewesen, weitere Spuren von ihr zu entdecken. Die Chance das zu tun, wurde in der Tat erschwert durch den Tod meines treuen Wilfred, bald nach meiner Niederlage, und durch den Charakter seines Nachfolgers; eine Person von strikter Integrität, aber von einem strengen Wesen und abschreckendem Benehmen. Hier habe ich deshalb gelebt als ein verwitweter, kinderloser, am Herzen gebrochener, alter Mann. Aber ich habe wenigstens gelernt, mich den Zuweisungen einer alles erkennenden Vorsehung zu beugen, welche in ihrer Gerechtigkeit mich dafür geschlagen hat, das ich mich unbarmherzig dieser verhängnisvollen Leidenschaft hingab, die das Heilige Gesetz so ausdrücklich verbietet. Oh! Wie habe ich mich danach gesehnt, mein teures Kind zu sehen! Wie ich mich danach gesehnt habe, es an dieses verdorrte, verdorbene Herz zu drücken! Mit heißen Tränen der bittersten Reue habe ich jene tödlichen Flüche widerrufen, die ich in der Fülle meines unnatürlichen Zorns gewagt hatte, täglich auszustoßen. Unablässig langweile ich den Himmel jetzt mit meinen Gebeten, um jede Erinnerung an jene tödlichen Verwünschungen auszulöschen; oder, sie auf mein eigenes Haupt fallen zu lassen und nur seinen auserwähltesten Segnungen auf das meines teuren Kindes niederregnen zu lassen! Aber eine Furcht, die meine Venen mit Entsetzen einfriert, sucht mich ständig heim, dass die Flüche, die ich in meinen Momenten dämonischer Rachsucht auszustoßen wagte, als Strafe für meine Respektlosigkeit erfüllt worden wären.

Oft erblicke ich in meinen Träumen mein teures Kind; aber ihre Blicke sind immer voller Traurigkeit, und sie scheint immer milde, aber meist traurig, mich dafür zu rügen, dass ich sie so unmenschlich von mir gestoßen habe. Doch muss sie, fürchte ich, jetzt seit langem tot sein; denn wäre sie am Leben, sie würde, denke ich, nicht aufgehört haben, sich darum zu bemühen, die Zuneigungen von einem Vater zurückzugewinnen, der sie einmal so zärtlich liebte. Es ist wahr, dass sie zuerst viele Versuche machte, meine Verzeihung zu erhalten.

Nein, habe ich schließlich erfahren, dass sie sogar an der Schwelle meiner Tür kniete, und Mitleid erregend flehte, mich sehen zu dürfen. Aber meine Befehle waren so entschieden gewesen, und, wie ich zuvor bemerkte, der Haushofmeister, der Wilfred ersetzt hatte, war von einer so strengen und unnachgiebigen Veranlagung, das, gerecht und rechtschaffen, wie er war, er ihre ihr letzte Bitte ungerührt versagte. Ewiger Himmel! Sie, die ich geliebt hatte, wie vielleicht nie ein Vater zuvor liebte - sie, die ich zärtlich beobachtet hatte, fast stündlich, damit nicht die raue Brise des Winters sie frieren lassen oder die Hitze des Sommers sie versengen sollte - sie, die ich in Krankheit durch manch eine lebenslange Nacht umsorgt hatte, mit der Hingabe einer Mutter und mehr als die Besorgtheit einer Mutter; sogar *sie*, das einzige Kind meiner geliebten Agnes und der ängstliche Gegenstand der letzten Momente ihres Lebens, wurde von meiner Tür verschmäht! Von dieser Tür, an der kein Bedürfnis ungestillt bleibt, und wo der geringste Bettler Rast findet! Und nun, wenn ich die Lippen segnen würde, die mir noch sagen könnten, ‚sie lebt', kann ich nirgendwo die leiseste Kunde von meinem Kind sammeln. Ach, hätte ich auf die Stimme des Verstandes gehört; hätte ich nicht geduldet, dass meine besseren Gefühle von den wildesten und fürchterlichste Leidenschaften beherrscht wurden, ich hätten sie selbst sehen können, und vielleicht, wie ihre glücklichen Kinder um mich herum den Abend meines Lebens versüßten. Und, wenn meine letzte Stunde kommen sollte, hätten sie meine Augen in Frieden geschlossen und hätten, in ungeheuchelter Trauer, täglich an den Himmel ihre unschuldigen Gebete für die ewige Ruhe meiner Seele gerichtet; statt der Söldlinge, die jetzt das Pantomimenspiel der Trauer ausführen, und ungeduldig eilen, mich zu einem unbeklagten, einem einsamen, und einem unehrenhaften Grab bringen. An jene Kinder auch wäre diese Erbschaft gegangen, die bei meinem Ableben an einem vollkommenen Fremden fallen muss, der nicht einmal meinen Namen trägt.

Sie kennen jetzt, Pilger, die Ursache für meinen Kummer; und ich sehe durch die Tränen, die Sie so üppig vergossen haben, dass Ihnen das verzweifelte Wesen vor Ihnen wirklich leid tut. Erinnern Sie sich an ihn und seine Trauer deshalb immer in Ihren Gebeten; und, wenn Sie vor dem Schrein knien, zu dem Sie pilgern, lassen Sie nicht jene Trauer vergessen sein."

Der ältere Pilger versuchte vergeblich zu antworten; das Übermaß seiner Gefühle überwältigte seine Stimme. Schließlich, sich Burkhardt zu den Füßen werfend und sein Pilgergewand abwerfend, rief er unter Schwierigkeiten aus:

„Sehen Sie hier, der Sohn Deiner Ida! Und erblicken Sie in meinen jugendlichen Begleiter, die Tochter Deiner Ida! Ja, vor Ihnen knien die Kinder von der, um die Sie so viel klagen. Wir kamen um Sie anzuflehen, für diese Verzeihung, für diese Liebe, von denen wir gefürchtet hatten, dass sie uns versagt werden würde. Aber, Dank sei Gott, der Ihr Herz besänftigt hat, wir haben nur zu erbitten, das Sie uns erlauben, unsere armseligen Bemühungen dazu zu verwenden, um Ihre Trauer zu lindern; und Ihnen Ihre späten Jahre heller und fröhlicher zu machen."

In wilder und aufgeregter Überraschung starrte Burkhardt aufmerksam auf sie. Es schien ihm, als ob eine schöne Vision vor ihm wäre, die sogar ein Atemzug, wie er fürchtete, zerstreuen könnte. Als ihm jedoch versichert wurde, dass er nicht unter dem Einfluss einer Wahnvorstellung stand, überwältigte ihn der Tumult seiner Gefühle, und er sank besinnungslos an die Brust des älteren Pilgers; der richtete den alten Mann mit Hilfe seiner Schwester schnell wieder auf, und durch ihre gemeinsamen Bemühungen stellten ihn schließlich in seinen Sinnen wieder her. Aber als Burkhardt den jüngeren Pilger erblickte, das ganze Ebenbild seiner verlorenen Ida, die sich über ihn beugte mit ängstlichster und zartester Besorgtheit, dachte er, dass der Tod all sein weltliches Leiden beendet hatte, und der Himmel sich schon seinem Blick geöffnet hatte.

„Großer Gott!" rief er schließlich aus, „ich bin unwürdig dieses Deines Erbarmens! Gewähre mir, sie zu empfangen, wie ich sollte! Ich muss nicht", fügte er nach einer Pause hinzu und drückte die Pilger an seinen Busen, „nach einer Bestätigung Ihrer Erklärung fragen oder meiner eigenen Empfindungen der Freude. Alles, alles sagt mir, dass Ihr die Kinder meiner teuren Ida seit. Sagt deshalb, ist eure Mutter tot? Oder darf ich noch einmal hoffen, sie an mein Herz zu drücken?"

Der ältere Pilger, dessen Name Hermann war, berichtete ihm dann, das zwei Jahre vergangen waren, seit sein Elternteil ihren letzten Atem in seinen Armen geflüstert hatte. Ihr letztes Gebet war, der Himmel möge ihr den Kummer verzeihen, den sie ihrem Vater bereitet hatte, und verhindern, dass ihre eigenen Fehler die

Köpfe ihrer Kinder heimsuchten. Er fügte dann hinzu, dass sein Vater seit vielen Jahren tot war.

„Meine Mutter", fuhr Hermann fort, und zog aus seinem Busen eine kleine versiegelte Schachtel, „befahl mir auf ihrem Sterbebett, dies in Ihre Hände zu liefern. ‚Mein Sohn', sagte sie, ‚wenn ich tot bin und mein Vater immer noch lebt, wirf dich selbst zu seinen Füßen, und lasse nicht ab in deinem Flehen, bis du von ihm das Versprechen erhalten hat, dass er dieses Gebet liest. Es macht ihn mit einer Reue bekannt, die ihn dazu bewegen kann, seinen Fluch zu widerrufen; und so bewirken, dass die Erde leicht auf allem liegt, das bald übrigbleiben wird von der einst von ihm geliebten Ida. Male ihm die Stunden der Qual aus, die sogar deine zarten Jahre miterlebt haben. Ermüde ihn, mein Sohn, mit deinen dringenden Bitten; höre nicht auf mit ihnen, bis du ihm seine Verzeihung abgerungen hast.'

Wie Sie annehmen können, stand ich feierlich dafür ein, die Bitte meiner Mutter zu erfüllen; und sobald unser Kummer über den Verlust von einem so lieben, so herzlich Elternteil es uns erlaubte, beschlossen meine Schwester und ich, in diesem Gewand des Pilgers Ihr Schloss zu besuchen; und durch sanfte Mittel und Wege Ihre Zuneigung zu gewinnen suchen, wenn wir Sie noch erbarmungslos hätten finden sollen, und unwillig, das Gebet unserer Mutter anzuhören."

„Lob sei diesem Gott, mein Sohn", sagte Burkhardt, „auf dessen Befehl das Wasser vom unfruchtbaren Stein springt, dass er den Strömen von Liebe und Reue geboten hat, noch einmal aus meinem einst unfruchtbaren und steinigen Herzen zu fließen. Aber lasst mich nicht zögern, dieses traurige Denkmal vom

Kummer Eurer Mutter zu öffnen. Ich wünsche, dass ihr, meine Kinder es anhört, dass ihr sowohl ihre Rechtfertigung als auch ihr Unrecht hören könnt."

Burkhardt versteckte sein Gesicht in seinen Händen und blieb so für einige Momente, sich aufrichtig mit seinen Gefühlen abmühend. Schließlich brach er das Siegel; und mit einer Stimme, die von Zeit zu Zeit fast überwältigt war, las er laut den Inhalt.

„Mein teurer Vater - wenn Deine Tochter Dich mit diesem herzlichen Titel immer noch ansprechen darf - da ich fühle, dass meine traurigen Tage jetzt gezählt sind, mache ich diese letzte Anstrengung, ehe meine Kräfte mich verlassen werden, um wenigstens Dein Mitleid mit ihr zu bewirken, die Du einmal so sehr liebtest; und Dich anzuflehen, diesen Fluch zu widerrufen, der so schwer auf ihrem Herzen gelegen hat. Wirklich, mein Vater, ich bin nicht ganz dieser schuldige Schuft, wie Du denkst. Denke nicht, dass ich, jedes Band von Pflicht und Dankbarkeit vernachlässigend, könnte den zärtlichsten Elternteil in seinem verwitweten, einsamen Haus zurücklassen und mich mit dem Sohn seines geschworenen Feinds vereinigen, hätte ich nicht herzlich, am glühendsten, gehofft, nein, mich fast zur Gewissheit dem Gedanken hingegeben, dass Du, wenn Du festgestellt hättest, dass ich eine Ehefrau war, schnell einen Fehler verziehen hättest, den die Angst vor Deiner Weigerung zu unserer Vereinigung mich allein verleitet hatte zu begehen. Ich glaubte, dass mein Mann dann mit mir die Liebe meines Vaters teilen würde, und hätte, mit seinem Kind, die ansprechende Aufgabe, auf sein Glück und seinen Trost zu achten. Aber stellte ich mir nie für einen Augenblick vor, dass ich das Herz dieses Vaters dauernd verwunden würde. Meine Jugend und die Leidenschaftlichkeit der Überredungen meines Mannes müssen eine Minderung meiner Schuld erbitten.

Der Tag, an dem ich die Nachricht hörte, dass Du gegen mich diesen tödlichen Fluch ausgesprochen hattest, und Deine feste Entschlossenheit, mich nie mehr in Deiner Gegenwart zuzulassen, ist in Zeichen begangen worden, die unauslöschlich in meinem Gedächtnis sind. In diesem Moment schien es, als ob der Himmel mich ausgesetzt hätte, mich für seine Missbilligung als Vatermörder gebrandmarkt hätte! Mein Gehirn und mein Herz schienen aus Feuer, während mein Blut in meinen Venen gefror. Die Kälte des Todes kroch über jedes Glied, und meine Zunge verweigerte alle Äußerung. Ich hätte geweint, aber die Quelle meiner Tränen war in mir getrocknet.

Wie lange ich in diesem Zustand blieb, weiß ich nicht; schließlich wurde ich bewusstlos, und blieb so für einige Tage. Als ich zum vollen Bewusstsein meiner Erbärmlichkeit zurückkehrte, wäre ich sofort auf schnellstem Wege zu Deinem Wohnsitz geeilt und hätte mich zu Deinen Füßen geworfen, Dir, wenn möglich, die Verzeihung meines Verbrechens abzuringen; aber meine Glieder waren zu aller Bewegung unfähig. Bald auch erfuhr ich, dass die Briefe, die ich diktierte, ungeöffnet zurückgegeben wurden. Und mein Mann informierte mich endlich, dass alle seine Versuche, Dich zu sehen, zutiefst unfruchtbar gewesen waren.

Doch in dem Moment, als ich ausreichende Kräfte gewonnen hatte, ging ich zum Schloss. Aber gerade als ich eintrat, begegnete ich leider einem strengen Dummkopf, dem meine Person nicht unbekannt war; und er sagte mir sofort, dass meine Versuche, seinen Meister zu sehen, nutzlos wären. Ich gebrauchte Gebete und dringende Bitten. Ich kniete sogar auf dem nackten Boden vor ihm. Aber weit davon entfernt, mir zuzuhören, führte er mich zum Tor und entließ in meiner Gegenwart den alten Pförtner, der mich hereingelassen hatte, und der meinem Glück hernach folgte, bis zur Stunde seines Todes. Als ich feststellte, dass all meine Versuche ohne Hoffnung waren und dass mehrere der alten Diener wegen mir hinausgeworfen wurden, mit völlig gebrochenem Herzen, ergab ich mich meinem Schicksal und unterließ allen weiteren Versuch.

Nach der Geburt meines Sohnes (dessen Treue und Liebe ich dieses traurige Denkmal anvertraue) bewegte mich mein Mann dazu, der mit der zartesten Besorgtheit alles seiner Kraft stehende tat, meine Melancholie umzuleiten, und einen ihm hinterlassenen wertvollen Besitz in Italien besaß, mich in dieses bevorzugte und wunderschöne Land zu begeben. Aber weder die herzlichen Aufmerksamkeiten von meinem teuren Conrad, noch der helle Sonnenschein und die angenehmen Brisen dieser Region der Wunder konnten einen Kummer überwinden, so tief eingewurzelt wie meiner; und ich stellte bald fest, dass der fröhliche Garten von Europa weniger Zauber für mich hatte, als mein eigenes liebes Heimatland mit seinen dunklen, kiefernbedeckten Bergen.

Bald, nachdem wir in Rom angekommen waren, schenkte ich einer Tochter das Leben; ein Ereignis, dem nur zu bald der Tod meines liebevollen Mannes folgte.

Die Notwendigkeit unablässiger Aufmerksamkeit für meinen Säugling linderte einigermaßen die intensive Qual, die ich durch diesen schwerwiegendsten Verlust erlitt. Dennoch, in der äußersten Tiefe dieser Trauer, die mein Herz fast überlastete, weiß nur der Himmel, wie oft und wie reumütig ich gerufen habe, während er meine eigenen lieben Kinder mit Krankheit schlug, die ängstliche Zuneigung zu gestatten, mit der der zärtlichste und beste aller Väter pflegte, auf mich aufzupassen!

Ich kämpfte lang und schmerzhaft mit meinen Gefühlen, und oft flehte ich Gott an, mein Leben zu schonen, damit es mir möglich sein würde, meine Kinder in Seiner Heiligen Liebe und Furcht zu unterrichten, und sie zu lehren, für den Fehler ihres Elternteils zu sühnen. Mein Gebet ist in Erbarmen erhört worden; die Gnade, die ich erflehte, ist gewährt worden; und ich hoffe, mein teurer Vater, das, wenn diese Kinder zu Deiner Zuneigung zugelassen werden sollten, Du feststellen wirst, dass ich zwei gesegnete Fürsprecher für Deine Verzeihung herangezogen habe, wenn es dem Himmel gefallen sollte, Deine Tochter ihrethalben vor diesen gefürchteten Gerichtshof zu rufen, wo der Fluch eines Erzeugers so furchtbar gegen sie spricht. Widerrufe ihn dann, oh teurer Elternteil! Rufe Deinen schrecklichen Fluch von Deiner armen reuigen Ida zurück! Sende Deine Segnung als Engel des Erbarmens, um für ihre ewige Ruhe zu bitten. Lebwohl, mein Vater für immer! Für immer, Lebwohl! Beim Kreuz, dessen Emblem ihre fiebrigen Lippen jetzt drücken; bei Ihm, der in seinem grenzenloses Erbarmen an diesem Kreuz hing, Deine Tochter, Deine einst vielgeliebte Ida, bittet Dich, fleht Dich an, sie nicht vergeblich sprechen zu lassen!"

„Mein Kind, mein Kind!" schluchzte Burkhardt, als der Brief aus seiner Hand fiel, „möge der Vater von Allem mir so reichlich verzeihen, wie ich aus den Tiefen meines gewandelten Herzens Dir verzeihe! Könnte Dein reumütiger Vater Dich an sein Herz drücken; mit seinen eigenen Lippen hätte er Dir seine Zuneigung versichert, und die Tränen der Trauer von Deinen Augen gewischt! Aber er gibt sich diesen teuren Erinnerungen an Dich hin; und beschützt sie eifersüchtiger als sein eigenes Leben."

Burkhardt verbrachte den ganzen folgenden Tag in seiner Kammer, zu welcher allein der gute Vater Jerome zugelassen wurde; die Ereignisse des vorangegangenen Tages machten eine lange Ruhe absolut notwendig. Am folgenden Morgen jedoch betrat er die Halle, wo Hermann und Ida ungeduldig auf ihn warteten. Sein blasses Gesicht zeigten immer noch tiefe Spuren der Erregung, die er erfahren hatte; aber, nachdem er seine Kinder sehr liebevoll geküsst hatte, schlang er lächelnd eine massive goldene Kette um Idas Hals, prächtig gearbeitet, an dem ein Bündel Schlüssel hing.

„Wir müssen unsere Dame des Schlosses gebührend einsetzen", sagte er, „und sie in ihre entsprechenden Verwaltungen einsetzen. - aber, hört! Nach dem Klang des Horns vom Pförtner scheint es, als ob unsere Gastgeberin zu ihren Pflichten der Gastfreundschaft früh gerufen werden würde. Wen haben wir hier?" fuhr er fort, von oben auf die Allee hintersehend. „Bei St. Hubert, ein fröhlicher und prächtiger Ritter nähert sich, der soll recht willkommen sein - das heißt, wenn meine

Dame es billigt. Nun, Willibald, was bringen Sie mit? Einen Brief von unserem guten Freund, dem Abt von St. Anselm. Was sagt er?"

„Ich bin sicher, dass Sie Ihr Willkommen einem jungen Ritter nicht verweigern, der über Ihr Schloss zu seinem Haus aus den Kriegen des Kaisers zurückkehrt. Er ist mir gut bekannt, und ich kann mich dafür verbürgen, dass er ein Gast ist, würdig Ihrer Gastfreundschaft, die ihm nicht desto weniger reichlich gewährt wird, weil er sich nicht im *goldenen* Lächeln des Glücks sonnt."

„Nein, nein, das soll es nicht, mein guter Freund; und wenn das Glück ihn missbilligt, soll er doppelt willkommen sein. Führen Sie ihn sofort hierher, guter Willibald."

Der Haushofmeister eilte, den Fremden hineinzuführen, der in die Halle hineinkam, mit einem bescheidenen, aber männlichen Haltung. Er war anscheinend etwa fünfundzwanzig Jahre alt; seine Erscheinung war von solcher Art, dass sie in den Träumen eines jungen Mädchens einen hervorragenden Platz einnehmen könnte.

„Herr Ritter", sagte Burkhardt, als er ihn herzlich bei der Hand nahm, „Ihr seid recht willkommen auf meinem Schloss, und zu solch armer Unterhaltung, wie es sich leisten kann. Wir müssen Euch dazu bringen, Eure Wunden und die rauen Sitten des Soldatenlebens zu vergessen. Aber ruhig, ich vernachlässige meine Pflicht schon, indem ich nicht zuerst unsere Gastgeberin vorstelle", fügte der alte Ritter hinzu und zeigte auf Ida. „Bei meinem

101

Schicksal, „fuhr er fort, „aus dem errötenden Lächeln meiner Dame schließe ich, sie scheinen sich nicht sich zum ersten Mal getroffen zu haben. Habe ich Recht mit meiner Vermutung?"

„Wir *haben* uns getroffen, Herr", antwortete Ida, in solcher Verwirrung wie angenehm andeutend, dass das Zusammentreffen nicht in gleichgültiger Erinnerung war, „im Salon der Äbtissin der Ursulinen[17] in München, wo ich manchmal eine viel geschätzte Freundin besucht habe."

„Die Äbtissin", sagte den jungen Ritter, „war meine Base; und mein gutes Glück gab mir das Freude, in ihrem Kloster mehrfach diese Dame zu sehen. Aber ich hätte kaum erwartete, dass zwischen diesen Bergen die unbeständige Göttin einen obdachlosen Wanderer wieder so bevorzugt hätte."

„Nun, Herr Ritter!", antwortete Burkhardt, „wir hoffen, dass Glück gleichermaßen für uns vorteilhaft gewesen ist. Und jetzt wollen wir so kühn sein, nach Eurem Namen zu fragen; und dann entbieten wir, ohne nutzlose und ermüdende Zeremonie auf Seiten von uns und unserer Gastgeberin, Euch noch einmal ein herzliches Willkommen."

„Mein Name", sagte der Fremde, „ist Walter von Blumfeldt; obwohl bescheiden, ist ihm nie Schande gemacht worden; und mit der Segnung des Himmels hoffe ich, ihn einst so geehrt zu vermachen, wie ich ihn erhalten habe."

---

[17] Kath. Schwestern-Orden (Ordo Sanctae Ursulae; Gesellschaft der hl. Ursula; seit 1535).

Wochen, Monate vergingen, und Walter von Blumfeldt war immer noch der Gast des Herrn von Unspunnen; bis er, durch seine Tugenden und die vielen ausgezeichneten Qualitäten, welche sich täglich mehr und mehr entwickelten, Burkhardts Herz für sich einnahm; denn das gezüchtigte Leben des alten Ritters hatte es für die freundlicheren Gefühle besonders zugänglich gemacht. Häufig erklärte er jetzt mit Tränen in seinen Augen, dass er wünschte, dass er all jeden, mit denen seine früheren Gewohnheiten irgendeine Meinungsverschiedenheiten verursacht hatten, überzeugen könnte, wie getreulich er ihnen verziehen hatte und ihre Verzeihung wünschte.

„Würde ich", sagte er eines Tages in Anspielung auf dieses Thema, „meinen alten Feind, den Herzog von Zähringen treffen können, mit wirklich tief empfundenen Vergnügen und Freude hätte ich ihn umarmt und ihn unter meinen Freunden eingereiht. Aber er ist zu seinen Vätern versammelt worden, und ich weiß nicht, ob er irgendjemanden zurückgelassen hat, seine Ehre zu tragen."

Jedes Mal, wenn Walter abreisen wollte, hatte Burkhardt eine Entschuldigung gefunden, die ihn aufhielt; denn es schien ihm, sich zu trennen von seinem jungen Gast hieße, ihn um ein Glied jener Kette zu bringen, die ein gutes Glück so spät für ihn gewebt hatte. Hermann liebte Walter auch als Bruder; und Ida hätte sich gern vorgestellt, dass sie ihn als Schwester liebte. Aber ihr Herz sagte ihr direkter, was ihre kältere Überlegung zu verstecken versuchte. Unspunnen, der seit einiger Zeit die wachsende Zuneigung zwischen Walter und Ida wahrnahm, war über die Entdeckung nicht unzufrieden, da er lang aufgehört hatte, Reichtümer zu begehren. Und er hatte den gediegenen Wert des jungen Ritters hoch schätzen gelernt, der vollständig den hohen Ausdrücken entsprach, mit denen der Prior von St. Anselm immer von ihm sprach. Eines Abends, als er im Schatten eben dieser Allee spazieren ging, in der er Hermann und Ida zuerst begegnet war, nahm er die Letztere in einiger Entfernung wahr, im Gespräch mit Walter. Es war offensichtlich für Burkhardt, dass der junge Ritter in kein sehr widerwilliges Ohr sprach, da Ida völlig unaufmerksam gegenüber dem lauten Husten war, von dem Burkhardt in diesem Moment ergriffen wurde; noch nahm sie ihn selbst wahr, bis er rief, oder lieber schrie:

„Wisst Ihr, Walter, das eben auf dieser Allee mich zwei Pilger, auf dem Weg zu irgendeinem heiligen Schrein, einmal ansprachen? Aber dass sie aus Mitleid über meine Sünden und meinem verzweifelten Zustand ihre reuevolle Reise gegen eine Tat größerer Wohltätigkeit eintauschten; und seither ihre freundliche Sorge sogar noch haben erweitern müssen auf einen älteren und hilflosen Verwandten, nur zu wenig wert ihrer Liebe. Eines dieser liebevollen Wesen ist jedoch jetzt im Begriff, meinen Wohnsitz zu verlassen und den Rest der Wallfahrt dieses Lebens zu begehen, mit einer Gefährtin auf seiner mühseligen Reise, in der Person der schönen Tochter des Barons von Leichtfeldt; und verlässt so seinen armen Begleiter, der den Stürmen der Welt nur in der ermüdenden Gesellschaft eines alten Mannes widerstehen muss. Sagt, Herr Ritter, duldet Eure Tapferkeit, dass solches Unrecht geschieht; oder wollt *Ihr* es übernehmen, diesen verlassenen Pilger auf seinem

Weg zu führen, und sie zu leiten durch die bewegten Pfade dieses wechselhaften Lebens? Ich sehe durch die Bescheidenheit, mit Ihr Euch verneigt, und die Farbe, welche Eure Wange bedeckt, dass ich nicht mit einem spreche, der für eines alten Mannes Appell unempfänglich ist. Aber ruhig, ruhig, Herr Ritter, meine Ida wird noch nicht heilig gesprochen und kann es sich deshalb nicht leisten, eine Hand zu verlieren, was sich zwangsläufig ergeben muss, wenn Ihr fortfahrt, sie mit solch glühender Hingabe zu drücken. Aber was sagt unser Pilger, akzeptiert sie Eure Führung und Euren Dienst, Herr Ritter?"

Ida, die kaum in der Lage war, an sich zu halten, warf sich an Burkhardts Hals. Wir heben nicht den Schleier über dem schrecklichen Moment, der einen Mann, wie er glaubt, für immer glücklich oder erbärmlich macht. Es genügt zu sagen, dass der Tag, der Hermann zum Mann der Tochter des Barons von Leichtfeldt machte, Ida als die Frau von Walter von Blumfeldt sah.

Sechs Monate waren rasch vergangen für die glücklichen Einwohner von Unspunnen; und Burkhardt schien fast wieder jung geworden zu sein; solche Wunder vermochte die Ruhe, die jetzt in ihm herrschte, bewirken. Er war deshalb einer der Rührigsten und an vorderster Stelle in den Vorbereitungen, die notwendig waren, als Folge von Walters Vorschlag, dass sie Idas Geburtstag an einer bevorzugten Zuflucht von ihm und ihr verbringen sollten. Dieser gewählte Ort war eine schöne Wiese, vor welcher sich ein kleiner klarer Fluss, oder besser Strom, wand; an der Rückseite war ein prächtiges Amphitheater von Bäumen, deren weit sich ausbreitende Zweige einen erfrischenden Schatten über das prächtig glänzende Gras warfen.

In dieser wunderschönen Zuflucht verbrachten Burkhardt, Walter und seine Ida die schwülen Stunden des Mittages mit all jenem Fluss der Heiterkeit, die unachtsame Herzen allein erfahren können; als Walter, der einige seiner Abenteuer am Hof des Kaisers berichtet, und die Großartigkeit der Turniere aufgezählt hatte, sich seiner Braut zuwandte und sagte:

„Aber wozu dient all dieser Pomp, meine Ida. Wie glücklich sind wir in diesem friedlichen Tal! wir beneiden weder Prinzen noch Herzöge um ihre Paläste oder ihre Staaten. Diese Wälder, diese Lichtungen sind es wert, all die steif gestutzten Gärten des Kaisers und des großen Monarchen von Frankreich wegzuwerfen. Was sagst Du, meine Ida, könntest Du das Zeremoniell eines Hofes und Stolz des Königshauses dulden? Mich deucht, sogar die Krone einer Herzogin würde den Kranz von errötenden Rosen auf Deinem Kopf nur schlecht ersetzen."

„Ruhig, mein guter Mann", antwortete Ida lachend, „man sagt, Du weißt, dass eine Frau diese Eitelkeiten zu innig in ihrem Herzen liebt, um sie jemals zu verachten. Wie kannst Du dann erwarten, das eine so zerbrechliche Sterbliche, wie Deine arme Frau, sie in Verachtung hält? Wirklich, denke ich", fügte sie hinzu, ein Gehabe von burlesker Würde annehmend, „dass ich eine stolze Herzogin darstellen und meine Krone mit dem vorteilhaftesten Anstand tragen würde. Und nun, bei meinem Schicksal, Walter, erinnere ich mich daran, dass Du an diesem Tag, wie ein wahrer und prächtiger Ritter, versprochen hast, mir zu gewähren, welche Gnade auch immer ich erbitten werde. Auf meinen Knien erflehe ich deshalb einfach, das, wenn Du irgendeinen Zauber oder eine zauberhafte List kennst, um aus mir nur für einen einzigen Tag eine Prinzessin oder eine Herzogin zu machen, dass Du Deine Kunst umgehend ausübst auf mich; gerade so viel, dass ich mich vergewissern kann, mit wie viel oder wie wenig Würde ich solch eine Ehre aufrechterhalten könnte. Es ist keine sehr schwierige Angelegenheit, Herr Ritter. Du musst nur die Hilfe von Rübezahl oder einem ähnlich geschickten Arbeiter aus den Wäldern herbeirufen. Antworte, ritterlichster Ehemann, denn Deine untröstliche Frau erhebt sich nicht, bis ihr Gebet erhört ist."

„Nun, Ida, Du hast wirklich eine seltene Gnade erbeten", antwortete Walter, „und wie sie man gewähren kann, darüber mag mein Gehirn gut rätseln, bis es durch die Bemühung verrückt gemacht wird. Aber, lass mich sehen, lass mich sehen", fuhr er grüblerisch fort. „Ich habe es! - Komm hierher, Liebe, hier ist Dein Thron," sagte er, sie auf eine sanfte Anhöhe stellend, prächtig bedeckt mit dem köstlichen wilden Thymian und der zarten Glockenblume. „Könige könnten Dich jetzt um den Weihrauch beneiden, der Dir dargeboten wird. Und Sie, stattlicher Herr", fügte er hinzu, gerichtet an Burkhardt, „müssen neben ihrer Hoheit stehen, in der Eigenschaft des obersten Beraters. Da sind Ihre Diener um Sie herum: erblicken Sie diese hohe Eiche, er muss der Herold Ihrer Hoheit sein; und jene schlanken Ebereschen, Ihre getreuen Pagen."

„Dies ist aber eine arme Erfüllung der Aufgabe, die Sie übernommen haben, Herr Pantomime", sagte Ida mit einer spielerischen Affektiertheit von Enttäuschung.

„Habt Geduld für eine kurze Weile, schöne Dame", antwortete Walter lachend. „Zunächst muss ich die Männer Ihrer Hoheit in Waffen erwecken."

Dann nahm er ein silbernes Horn von seiner Seite und blies laut das melodische *reveillée*.[18] Als er das Instrument von seinen Lippen absetzte, antwortete eine spannungsgeladene Trompete dem Ruf; und seine letzten Töne hatten sich kaum gelegt, als aus der Mitte des Waldes, als ob den Bäumen selbst Leben geschenkt worden wäre, ein Trupp von Reitern herauskam, gefolgt von einer Gruppe von Bogenschützen zu Fuß. Sie waren aber gerade ganz hervorgekommen, als zahlreiche Bauern, sowohl männlich als auch weiblich, in ihrer fröhlichsten Kleidung erschienen; und, sich zusammen mit den Reitern und den Bogenschützen rasch und malerisch vor der erstaunten Ida anordneten, die schon von ihrem Thron abgedankt hatte und an dem Arm von Walter hing. Dann teilten sie sich plötzlich; und zwölf Pagen in prächtig verzierten Kleidern traten vor. Ihnen folgten sechs junge Mädchen, deren Gestalten und Gesichtszüge die Grazien beneiden hätten, und zwei Kronen trugen, die auf gestickten Kissen lagen. Hinter diesen, seine Schritte mit seinem Abtsstab unterstützend, ging der ehrwürdige Abt von St. Anselm; dieser, mit seinem weißen Bart, der fast bis zu seinem Gürtel fiel, und seinen hilfsbereiten Blicken, die den reinen Umgang der Seele zeigten, die das Leben an seinem Abend gibt und deren Helligkeit nach siebzig Jahren kaum abgenommen hatte, schien für Ida wie ein Wesen von einer anderen Welt. Die jungen Mädchen traten dann vor

---

[18] Frz.: Weckruf.

Walter und seiner Frau und knieten vor ihnen, die Kronen präsentierend.

Ida, die vor Verwunderung fast atemlos geblieben war, konnte sich jetzt kaum artikulieren.

„Lieber, lieber Walter, was soll all dieser Pomp - was bedeutet - was *kann* er bedeuten?"

„Bedeuten! Meine Geliebte", antwortete ihr Mann, „geboten Sie mir nicht, Sie zu einer Herzogin zu machen? Ich aber habe Ihren hohen Befehl befolgt, und ich grüße Sie jetzt, *Herzogin* von Zähringen!"

Die ganze Menge brachte dann den Wald dazu, von dem Beifall widerzuhallen,

„Lang lebe der Herzog und die Herzogin von Zähringen!"

Walter genoss für einige Momente das unsägliche Erstaunen der jetzt atemlosen Ida und die weniger offensichtliche, aber vielleicht gleich intensive Überraschung von Burkhardt, als er sich dem letzteren zuwandte und sagte:

„Mein mehr als ein Vater, Sie sehen in mir den Sohn Ihres einst unerbittlichen Feindes, des Herzogs von Zähringen. Er ist vor vielen Jahren zu seinen Vätern versammelt worden; und ich, als sein einziger Sohn, bin ihm nachgefolgt in seinem Titel und seinem großen Besitz. Mein Herz, meine Freiheit ging vollständig im Salon der Äbtissin der Ursulinen verloren. Aber, als ich erfuhr, wessen Kind meine Ida war, und Ihre traurige Geschichte hörte, beschloss ich, ehe ich sie zu der Meinen machen würde, nicht nur ihre Liebe, sondern auch Ihre Gunst und Ihre Wertschätzung zu gewinnen. Wie gut habe ich Erfolg gehabt, dieser kleine zauberhafte Ring am Finger meiner Ida ist mein Zeuge. Es fügt Ihrem Glück kein kleines Maß hinzu, zu wissen, dass mein Vater für viele Jahre das Unrecht bereut hatte, das er Ihnen angetan hatte; und, um so viel wie möglich dafür zu sühnen, vertraute er die Erziehung seines Sohnes der Obhut dieses meines besten Freundes an, des Abtes von St. Anselm, damit er lernen möge, die Fehler vermeiden, in die sein Erzeuger unglücklich verfallen war. Und jetzt", fuhr er fort, vortretend und Ida in Richtung des Abts führend, „muss ich nur um Ihren Segen bitten und dass diese Dame, die durch die Güte des Himmels ich mich freue meine Frau zu nennen, in jene Insignien des Ranges eingesetzt wird, die sie so passend schmücken werden."

Walter, oder, wie wir nun nennen müssen, der Herzog von Zähringen, kniete dann mit Ida bescheiden vor dem ehrwürdigen Abt; während der heilige Mann mit Tränen in den Augen die Segnungen des Himmel auf sie hinabrief. Seine Hoheit erhob sich dann, nahm eine der Kronen, setzte sie auf Idas Kopf und sagte:

„Mögest Du unter dieser glänzenden Krone so glücklich sein, wie Du warest unter der rotbraunen Kapuze, in der ich Dich zuerst erblickte."

„Gott und unsere Dame helfen mir!" antwortete die aufgeregte Ida. „Und möge Er mir gewähren, dass ich sie mit ebenso viel Demut tragen kann. Doch Dornen, sagt man, springen auf unter einer Krone."

„Wie wahr, meine Geliebte", sagte der Herzog, „und sie wachsen auch unter der schlichten Kappe des Bauern. Aber die reiche Alchemie der Tugenden meiner Ida wird immer alle Dornen in die hellsten Juwelen ihres Diadems umwandeln."

Titel der englischen Originaltexte

The Invisible Girl
Erstveröffentlichung in: *The Keepsake for 1833*, London 1834; S. 210-227.

The Bride of the Modern Italy
Erstveröffentlichung in: *London Magazine 9* (April 1824), London 1824; S. 357-363.

The Parvenue
Erstveröffentlichung in: *The Keepsake for 1837*, London 1836; S. 209-221.

The Pilgrims
Erstveröffentlichung in "The Keepsake for 1838, London 1837; S. 128-155